南京稀见文献丛刊

金陵览胜诗考

（清）周宝偀　撰

点校　杨传兵

南京出版传媒集团
南京出版社

图书在版编目（CIP）数据

金陵览胜诗考 /（清）周宝偀撰 . -- 南京 : 南京出版社, 2021.4

（南京稀见文献丛刊）

ISBN 978-7-5533-3217-8

Ⅰ . ①金… Ⅱ . ①周… Ⅲ . ①古典诗歌 — 诗集 — 南京 — 清代 Ⅳ . ① I222.749

中国版本图书馆 CIP 数据核字（2021）第 050715 号

丛 书 名：南京稀见文献丛刊
书 　 　名：金陵览胜诗考
作 　 　者：（清）周宝偀
出版发行：南京出版传媒集团
　 　 　 　南 京 出 版 社
社址：南京市太平门街53号　　　　邮编：210016
网址：http://www.njcbs.cn　　　　电子信箱：njcbs1988@163.com
联系电话：025-83283893、83283864（营销）　 025-83112257（编务）

出 版 人：项晓宁
出 品 人：卢海鸣
责任编辑：严行健
装帧设计：王　俊
责任印制：杨福彬

排 　 　版：南京新华丰制版有限公司
印 　 　刷：南京工大印务有限公司
开 　 　本：890毫米×1240毫米　　1/32
印 　 　张：6.25
字 　 　数：120千
版 　 　次：2021年4月第1版
印 　 　次：2021年4月第1次印刷
书 　 　号：ISBN 978-7-5533-3217-8
定 　 　价：45.00元

用微信或京东
APP扫码购书

用淘宝APP
扫码购书

总　序

　　南京是我国著名的七大古都之一，又是国务院首批公布的24座历史文化名城之一。有将近2500年的建城史，约450年的建都史，号称"六朝古都""十朝都会"。南京的地方文献是中华历史文化资源的一个重要组成部分，是研究我国政治、经济、军事、文化和民风民俗的重要资料。为了贯彻落实党的十九大精神和习近平新时代中国特色社会主义思想，配合南京的经济发展与城市建设，深度挖掘历史文化资源，做好历史文献整理出版工作，不仅有利于传承、弘扬南京历史文化，提升南京品位，扩大南京影响力，也有利于推动物质文明、政治文明、精神文明、社会文明、生态文明协调发展。

　　长期以来，南京地方文献还没有系统地整理出版过，大量的南京珍贵文献散落在全国各地的图书馆和民间。许多珍贵的南京文献被束之高阁，无人问津，有的随着岁月的流逝而湮没无闻。广大读者想要查找阅读这些散见的地方文献，费时费力，十分不便。为开发和利用好这一祖先留给我们的文化瑰宝，充分发挥其资治、存史、教化、育人功能，南京出版传媒集团（南京出版社）与南京市地方志编纂委员会办公室组织了一批专家和相关人员，致力于搜集整理出版南京历史上稀有的、珍贵的经典文献，并把"南京稀见文献丛刊"精心打造成古都南京的文化品牌和特色名片。为此，我们在内容定位上是全方位、多视角地展示南京文化的深层内涵和丰富魅力；在读者定位上是广大知识分子、各级党政干部以及具有中等以上文化程度的人；在价值定位上，丛书兼顾学术研究、知识普及这两者的价值。这套丛书的版本力求是国内最早最好的版本，点校者力求是南京地方文化方面的专家学者，在装帧设计印刷上也力求高质量。

　　总之，我们力图通过这套丛书的出版，扩大稀见文献的流传范围，让更多的读者能够阅读到这些文献；增加稀见文献的存世数量，保存稀见文献；提升稀见文献的地位，突显稀见文献所具有的正史史料所没有的价值。

"南京稀见文献丛刊"编委会

导　读

　　《金陵览胜诗考》十卷，清代周宝偀撰。

　　周宝偀生平，著录于李濬之《清画家诗史》："周宝偀，字月溪，别号二石居士、红豆村樵①，江宁人，鸿覃弟，诸生，工画竹、泼墨山水，有《金陵览胜诗考》。"前有其兄周鸿覃条："周鸿覃，字云褐，江宁人，贡生，工书画，有《嘘灵集》。"李濬之（1868—1953）生活的年代与周宝偀相去未远，此后关于周宝偀的生平多沿此说。关于其生卒年份，未有确载。《金陵览胜诗考》刊刻于道光元年（1821），周宝偀《自序》撰于道光元年夏五月，自云该书是二十余年游览吟咏所作，据此推算，周宝偀当出生于乾隆年间。

　　《金陵览胜诗考》中，有五首小序涉及其家世。其一《秣陵浦桥》云："秦秣陵县址少西为大李村，予家及祖墓在焉。按旧制明师渡江，周氏九世孙被燠粮以迎，遂官拔武宁主簿。正统间，被孙铺又出赈饥，旌为义民。秣陵李村其分支也。"其二《杏村草堂》云："在骁骑营护

────────

　　①　"红豆村樵"疑误，似作"红杏村樵"。

1

国庵，予家此将百年。"其三《凤台蕉馆》云："即余家西馆也，凤台山下。"卷首张德凤《赞》："凤凰山下，杏花村旁。一筇一笠，山水徜徉。"其四《伴痴阁》云："卧痴楼，在冶城山麓。余家望仙桥侧，地邻故址，因于宅后筑阁三层，为憩息之所。又尝师痴翁泼墨山水，额以伴痴，聊以志景仰之意，非敢云高风清节，足希万一也。"据上可知，周宝偗先人明代居住在秣陵大李村，清初迁至城南护国庵杏花村望仙桥侧，室名杏村草堂，自家建有西馆凤台蕉馆，因邻明代画家史忠故址，且仰慕师法其泼墨山水，故筑三层阁楼，题额"伴痴"。

作为生长于斯的南京人，周宝偗遍游金陵名胜，醉心于文献的整理。他认为一物一名皆关典故，并以焦竑、朱之蕃、顾起元等乡贤为榜样，搜罗考核，巨细必登，以此为"郡邑沿革之所由，江左文献之所系"。每逢风日晴和，他常与知己好友一道，或策骑登山，或乘舟泛水，对景画本，啸歌抒怀。二十余年里，几乎踏遍南京的名胜古迹，积累了大量诗稿。友朋及同游者纷纷前来借阅，苦于抄录不变，劝他付梓刻印。于是在兄长周鸿覃和友朋的催促下，分门别类，编成此书，顾槐三称赞"博稽志乘，旁采稗官，访南部之烟花，记平泉之水石，拟诸彭年江南之录，弱侯金陵之编"。

《金陵览胜诗考》十卷，卷首有顾槐三、周鸿覃《序》两篇，周宝偗《自序》一篇，李际春、孙龄、周鸿鉴、张曾、章沅、马梦魁、鲍淳、马士图、黄钰、朱

2

福田、张德凤等十一人的题词。正文十卷，卷一"山岩类"，记山、洞、冈、峰、矶、岩、岭、石、钝、谷、岘、坞八十六处；卷二"川泽类"，记河、湖、涧、渡、溪、井、泉、潭、荡、淮、池、湾四十七处；卷三"城市类"，记城、桥、村、巷、浦、里、埂、驿六十三处；卷四"宫苑类"，记宫、府、殿、苑、园十四处；卷五"园宅类"，记园、宅、堂、馆、斋、厅、书院、山房、精舍四十八处；卷六"亭台类"，记台、亭、阁、楼六十一处；卷七"寺塔类"，记寺、塔、殿六十九处；卷八"庵庙类"，记庙、宫、庵、祠、观、书院、府学、禅林六十八处；卷九"杂物类"，记舟樯、宫沟、石表、秋荷、柏、古藤、神锚、铁老鹳等四十处；卷十"陵墓类"，记陵、墓二十处。这些名胜散布在南京各处，覆盖之广、数量之巨，足见作者思虑之周、用力之勤。每卷有类目总序，然后依名胜景点为篇，诗前小序，旁征博引，记其地理位置、历史故事，考证辨析始末沿革，再续以作者所作诗篇。

各卷名胜，选取标准略有不同，大致可分三类。一种是选取有迹可循的，如"园宅类"，选取了随园、陶谷、绿园、宫园、瞻园、藿甘园等"可登可眺者"，其他志书里有记载但已经荒废不可游的古园宅，则未收取。另一种如"亭台类"，除收录可登览者外，有空名而无遗址可问者也收录其中，目的是"以俟考古者之穷探，更以期后贤之重建云尔"；"杂物类"，如舟樯、井泉、木石等，相传已久，而寻迹无由，于是作者记其名目，并且以对仗的方式排列，使读者易于观览。第三种如"庵庙类"，因为金陵庵庙祠观多不可胜记，所以选取了名地显著、足迹经过者载之，"余俟再为补出"。

周宝偀编著此书，目标明确，正如其《自序》所言"供乘志之采择，动后来之景慕"。撰书存史，是古代知识分子的神圣夙愿，梳理乡邦文献，存亡续绝，是这一群体的共同追求。在编撰过程中，作者就留心考证，取郡乘及各家之书参互研究，传信阙疑，用心良苦。如关于钟山绿化，《太平寰宇记》云："其山本少林木，东晋时，使诸州刺史罢职还者栽松三十株，下至郡守，各有差焉。"《金陵地记》云："蒋山本少林木，东晋令刺史罢职还都，种松百株，郡守五十株。"《舆地志》则云："钟山本少林木，宋时使诸州刺史罢职还者栽松三千株，下至郡守，各有差焉。"周宝偀在《栽松岘》中曰："晋令，刺史罢还都，栽松百株，郡守五十株。宋时，诸州刺史罢职还者，栽松三十株，下至郡守各有差。"三十、三千，相差百倍，表现出了审慎的择取态度。卷首的题词中，也可以看出身边朋友对周宝偀这一用心的认可，如李际春写道："前年郡守新修书，略存古迹删其余。此卷一一为补出，书中体例才不疏。"孙龄写道："要知名胜搜罗遍，郡乘还疑著未全。"马梦魁写道："名区景赖瑶编证，博物才参国史功。"张德凤写道："他年邑乘重蒐辑，定借斯篇作补亡。"都指出了这部书对地方志书起到的补充作用。

至于作者的另一目的，"动后来之景慕"，则通过对本书"卧游"这一功能的称赞予以了肯定。卧游是魏晋以来文学艺术领域的一个重要命题，手把一卷，足不出户，即可徜徉于自然风景，身临其境般感悟山水妙处，是对一部作品的极高评价。卷首题词中，友朋纷纷提及本书的卧游功用，李际春写道："把君诗卷当卧游，行尽江南数百里。"张曾写道："一编揽尽山川胜，开卷人俱当卧游。"章沅："卧游略尽江都胜，岂羡青衫事远征。"马梦魁写道："闭户展时寻妙趣，卧游应已豁双瞳。"顾槐三则称该书为"涉山之宝筏，阅古之慧灯"。书中佳句迭出，态度鲜明，也足以让后人景慕不已。如"树色断中山色补，岩花落处鸟声多"，构思精巧；"浦小似瓢浮远碧，江长如带束苍茫"，画面呼之欲出；"归鸟度从驴背下，斜阳低与客肩平"，描述新奇；"云光昔日枉谈经，坐视饥魂恨窅冥。徒自雨花难雨粟，翻嫌我佛太无灵"，表达了对生民的同情，令人肃然起劲。

《金陵览胜诗考》初刻于道光元年仲夏，牌记有"杏村书屋藏板"字样，1987年广陵古籍刻印社据以影印。本次整理以南京图书馆藏道光初刻本为底本，原书每卷有本卷目录，为便于索引，将目录统一置于卷首。对于原书中的避讳情况，如"弘觉寺""陶宏景"避乾隆弘历讳写作"宏觉寺""陶宏景"，"玄武湖""谢玄"避康熙玄烨讳写作"元武湖""谢元"，本次整理直接改回原字。

杨传兵

《金陵览胜诗考》书影

金陵覽勝詩考序

槐眉子倦遊京雜息心邁廬短檠獨親古鏡對語仲蔚
之庭餘蝸角翟公則門可雀羅乃有儒林丈人方所司
馬篷門投止聞聲相思艮觀既申奇字共賞出所著金
陵覽勝詩考相示自山巖川澤以迄陵墓雜志地峕平
一郡踦羅乎千礓刷眉洗目按削就擷如豆合黃如閛
貫串沟洔山之寶篠閱古之慧燈也自益地成圖說山
著訓考三口之黃靈志華陽之黑水鉤稽竹素作者興
焉彼鄴中宮觀洛陽伽藍東京夢華桂林風土武林淸

《金陵览胜诗考》书影

目　录

卷三 城市类

卷四 宫苑类

卷五 园宅类

卷六　亭台类

卷七 寺塔类

卷八 庵庙类

序 一

　　槐眉子倦游京洛，息心蘧庐，短檠独亲，古镜对语。仲蔚之庭余蜗角，翟公则门可雀罗。乃有儒林丈人，方外司马，望门投止，闻声相思，良觌既申，奇字共赏，出所著《金陵览胜诗考》相示。自山岩、川泽，以迄陵墓、杂志，地专乎一郡，迹罗乎千祀，刷眉洗目，按削就攟，如豆合黄，如肉贯串，洵涉山之宝筏、阅古之慧灯也。自益地成图，说山著训，考三辅之黄灵，志华阳之黑水，钩稽竹素，作者兴焉。彼邺中宫观，洛阳伽蓝，东京梦华，桂林风土，武林渚宫，称述故事，襄阳锦里，表扬旧人，靡不范山抚水，搜遐抉隐。然画昼先讹，魏巍难辨，荡阴酸枣，史谬谁纠？阳曲内黄，书缺有间，又奚怪乎？桃来乖舛，柳卯混淆也乎？缘建康之设都，实牛女之分野，龙蟠虎踞，王气东南，貂亚蝉联，人文江左。自龙马渡瑯琊之后，洎鲤鱼飞东海而还，沿及晋都，号称极盛。凡溪山之绮丽，城堞之回环，宫观之驳娑，园亭之幽邃，千状万态，骇目荡心。乃至软绣天街，蜂巢曲巷，才人寇脱，公子应刘，妆成玳瑁，绮席花飞，弹罢箜篌，歌梁月坠，诚神州之绣壤，实人海之奥区也。加以祇树缤纷，华严富

1

贵，家家布金之地，处处旃檀之林。蒲牢数杵，鬼泣崩硙，铃语千旛，风惊替戾。谈经而山猿献花，说法则天龙竖拂。剪维摩之须，春三斗草；赎老公之价，人百其身。以至蓬颗敞蒙，翠石苍珉，血瘗忠魂，春留太古，梅根作冶，梓树成精，一物一名，足资考证。所虑者陵谷迁贸，沧桑古今，讹伍相为髭须，祀昌黎为社长。梅豫章表扬绝学，忽传疷嗜刘邕；蒋子文淬厉孤忠，亦复梭投织女。青溪小姑，漫歌琼树之曲；石城女子，宁有郁金之堂？石岂能言，碑仍没字。向非剔抉精详，卢牟闳博，则我屋公墩，难分王谢，黄肠丹穴，莫辨梁陈。君学媲深宁，才同原甫，居三层宏景之阁，绘五岳真形之图。截楮晨钞，然脂暝写，博稽志乘，旁采稗官，访南部之烟花，记平泉之水石，拟诸彭年江南之录，弱侯金陵之编，可谓无惭古人，兼收昔遁者矣。仆踪迹天涯，局促辕下，壮心消耗，山灵笑人。大梁风雪，门卒不逢，燕市悲歌，狗屠难遇。猥许读王筠之雌霓，敢谓当楚人之雄风？聊缀芜辞，代通荃讯，至卷中韵语，追叙昔游，不无玉石杂糅，龙蚓互见，则史游急就之篇，子云少年所作。阅斯集者，慎无按图索骥、仪毫失墙也。

　　时龙飞道光元年春月，秋碧顾槐三撰。

序　二

　　有意于为而为者，人也。无意于为而为者，天也。有意于为为之而成者，劳也。无意于为为之而成者，逸也。然或有意或无意而能为之，或劳于为或逸于为而能成之，则皆天也，而非人也。予弟月溪性疏懒而勤登涉，耽吟咏，体肥丰，善睡，而登涉则穷险远，吟咏则达昏旦。金陵故名胜地，山川、城阙之壮巨，园亭、街巷、沟渠、木石之繁细，动关名迹。月溪自弱冠时有所闻必往，往必研究其始末、沿革之所由，而笔记之，证同辨异，晰及纤毫，缀以韵言，长篇短什，随意所之，不以求工自苦。讫今二十余年，袤然成巨集，劳耶逸耶，有意耶无意耶？予无以为月溪解，月溪亦几无以自为解。犹忆从前余馆于外，越数日一归，归则月溪必有所游，晚聚一室，挑灯煮茗，卧小榻，听月溪述所见，其有怪奇伟丽、可喜可愕之事，辄大声作色，肖其像言之予，数数为起立，咨嗟叹咤声与相应，今阅其诗犹恍然如前日事也。近年来，与月溪尝同游者争劝付梓，月溪顾病其诗多少作，或不经意，欲一一整齐而不暇，屡却焉，将有待也。今请益迫，月溪不自决，予曰："无伤也，是有辞也，疏懒也，无意于为而

3

为也，逸而成之之故也。览者宽之以天而无责之以人，其可也。"月溪笑而诺之。予即书之简端，代为月溪解。

　　道光元年六月二十三日兄鸿覃序。

自 序

　　金陵自秦汉六朝，旧称名胜。继以南唐窃据，有明定都，繁盛极矣。一物一名，皆关典故，是以先贤焦弱侯、朱元介、顾文庄诸公搜罗考核，巨细必登，凡以是为郡邑沿革之所由，江左文献之所系也。倓生长于斯，性耽山水，自少诵读之暇常喜游览，每值风日晴和，必偕知己，或策骑登山，或乘舟泛水，对景则借为画本，抒怀则托以啸歌。二十余年，胜迹名区，足迹几遍。今检箧中，存稿甚多，谨录其可以供乘志之采择、动后来之景慕者，不下数百首。爰分门别类，考其由来，不论古今远近，悉取以载焉，名之曰《金陵览胜诗考》。诗多少作，辞义芜陋，欲一一更正之，而忽忽多事，疏懒性成，有志未逮，诚不足入大雅之观。惟考证之详实，取郡乘及各家之书参互研究，传信阙疑，非敢臆断，窃于此有苦心焉。编成凡十卷，同人借阅者艰于钞录，力劝付梓，予不能辞，因记其颠末如此。

　　时龙飞道光元年夏五月，周宝偀自序于杏村草堂。

题　词

题月溪七兄先生金陵览胜诗考

李际春　竹香，江宁人

周子日日游画图，画笔精绝天下无。忽将画意入诗卷，一编纸价贵南都。家在杏花村里住，吟鞭一挥出门去。廿四航头高咏成，旗亭传唱江南路。江南风景年年新，杨柳秋疏桃叶春。山势抱回三楚地，水声流尽六朝人。胜事往矣风流在，千古坤灵凭记载。逢原实录续残编，著书手笔将诗代。前年郡守新修书，略存古迹删其余。此卷一一为补出，书中体例才不疏。我今蹒跚艰步履，闭门静坐梅花里。把君诗卷当卧游，行尽江南数百里。

题月溪七兄先生金陵览胜诗考

孙龄　虎溪，江宁人

大集刊成继爱莲，好游情笃已忘年。酒酣雪月歌千叠，屐入云山诗百篇。晋代风流堪媲美，白门儒雅共推贤。要知名胜搜罗遍，郡乘还疑著未全。

题月溪七弟著金陵览胜诗考

周鸿鉴 晴川，江宁人

少年壮游兴，归后发狂歌。山水搜罗遍，兴亡感恨多。浮云轻富贵，明月老烟簑。今古都如此，人生不乐何。

为月溪七兄先生题金陵览胜诗考

张曾 沂元，江宁人

隋堤汉苑劫灰余，剩有斜阳照故墟。一自后庭花唱后，白门风景又何如。

烟浓睡鸭茗瓯香，六代风流话短长。记续旧游搜旧迹，不须往事忆沧桑。

能将楮墨幻烟云，丽句清词更冠群。多少湖山吟已遍，诗坛健将扫千军。

北郭南楼春复秋，阿谁不羡古扬州。一编揽尽山川胜，开卷人俱当卧游。

月溪七兄大人以金陵览胜诗考嘱题，
时辛巳五月朔日

章沅 荆帆，上元人

才子江东久擅名，歌声倚偏石头城。看山合有惊人句，怀古偏多故国情。一卷冰文新篆鸟，六朝芳草旧啼莺。卧游略尽江都胜，岂羡青衫事远征。

题月溪七兄先生金陵览胜诗考

马梦魁 伯梅，上元人

六朝佳丽著江东，怀古都缘探索工。山水灵英归笔底，兴亡事迹列胸中。名区景赖瑶编证，博物才参国史功。闭户展时寻妙趣，卧游应已豁双瞳。

掎摭分明信有征，嘲风咏月岂同称。骋怀上下该千古，寓目缥缃胜百朋。秋水遡洄波森森，春山仰止路层层。白门幸遇陈诗日，天府还将姓氏登。

题月溪七兄先生金陵览胜诗考调 寄如此江山

鲍淳 漱石，江宁人

六朝佳丽藏名迹，茫茫几人探讨？锐意蝇头，潜心蠹化，都被利名牵扰。沉烟不少，借风雅名流，片词彰表。韵事超群，不同平日记鸿爪。　　才推公瑾冠世，是骚坛宿将，南国遗老。选胜情深探幽癖，惯一管生花笔好，标题备考。似光现昙华，境开蓬岛，如此江山，助摛词掞藻。

题月溪仁弟大人金陵览胜诗考

马士图 掬村，江宁人

六朝山水问金陵，多少繁华遗迹。虎踞龙蟠雄帝座，似带长江流碧。巷转乌衣，棋寻赌墅，王谢风流息。爱莲周子，香吟南国人物。　　回忆曩日，同舟遨游沧海，酬唱诗盈尺。

朝踏潮头探禹穴,夜泊扶桑邀日。十载归来,千秋搜遍,故里奇踪,出篇章如锦,天孙妙手亲织。右调大江东去。

月溪七弟大人嘱题金陵览胜诗考

黄钰 秋舲,山阳人

老尚漂萍,向人海,脚跟无定。放双眼,衡庐如髻,沧溟似镜,拟向九霄攀斗宿。遍游万里,归乡井忆,品题,多少好江山,金陵胜。　　茂叔笔,莲花净,八朝迹,搜还证,更奚囊添数百篇佳咏。淮水钟山王气泯,吴宫萧寺残碑胜。喜新编远近竞传,名千秋永。右调满江红。

题月溪先生金陵览胜诗考

朱福田 岳云羽士

挑灯深远想,胜地几经游。不减千年迹,俄新六代秋。旷怀纳云梦,高咏振昇州。斯集流传去,令人忆石头。

亦载吾庐处,幽深傍水涯。翻教栗里柳,与列午桥花。题品由今重,烟霞自昔赊。遂令人境外,知有稚川家。

题月溪七兄先生金陵览胜诗考

张德凤 江宁人,梧冈

城阙南朝气郁哉,无边烟雨好楼台。而今败瓦颓垣里,喜得君能题咏来。

边腹便便考核长，为防疏略特加详。他年邑乘重蒐辑，定借斯篇作补亡。

赞

周月溪小照

凤凰山下，杏花村旁。一筇一笠，山水徜徉。稽沿革于八代，成篇什兮千章。作志乘之狐董，指来者以津梁。

梧冈弟张德凤拜题。

卷一　山崖类①

《唐志》称:东南名山,衡、庐、茅、蒋。金陵有二焉。蒋
山故名钟山,实都邑之镇。钟山之左,自摄山、临沂、雉亭、
衡阳,以达于东;又东为北山、大城、云穴、武冈,以达于东
南;又南为土山、张山、青龙、石硊、天印、彭城、雁门、竹堂,
以达于西南,绵亘至三山,而止于大江,所谓龙蟠之势也。
钟山之右,近之为覆舟、鸡笼;又北为直渎、大壮观、四望,以
达于西北;又西北为幕府、卢龙、马鞍,以达于西,是为石头
城,所谓虎踞之势也。又浮江而望之,三山据于西南,石头
据于西北,秦淮中出,乃天限之门户也。

聚宝山

南门外。山产细石如玛瑙,故名。自六朝迄今,为都人
游览胜地。南门即杨吴故城,明改名聚宝。

高立峰头望眼奢,名山埋老旧烟霞。石生五色都成玉,
枫好全身总作花。有兴登临频着屐,无钱买醉不妨赊。四时
佳日休相负,名利场中鬓易华。

木末亭西一径斜,当年曾此雨天花。楼台层叠标孤塔,

---

① 据目录,应为山岩类。

云树苍茫隐万家。往事已随流水逝,豪情偏趁早秋加。夕阳晚景看无限,红衬青山有落霞。

观音山

在观音门外,俯临大江。

观音山势迥,登眺古怀悠。铁锁千寻坠,沧江一带流。水云连北固,星火望瓜州。故垒今何在,空余满目秋。

马鞍山

与卢龙接,以形似得名。松竹香阴,夹道中藏自在、西方、炼魔诸小庵,甚幽僻,在城西北十里。

马鞍山下路,人在绿阴行。不雨苔常湿,无风松自鸣。闲云多懒意,春鸟带欢声。小立一回首,苍苍烟雾横。

石头山

孙吴倚山筑城,下有龙洞山,后有驻马坡,诸葛武侯驻此以观形势,所谓"钟阜龙蟠,石城虎踞"者也。

双双桨打浪花团,四月江头水国寒。一抹远峰螺黛浅,好山当作美人看。

风帆历乱曲江隈,云影波光一鉴开。笑我机心忘已久,水边鸥鹭漫相猜。

多少峰峦扑面迎,绿杨深处听啼莺。满船斜日人三五,远泛烟波过石城。

清凉山

即四望山,与卢龙、马鞍相属,西临大江,南连石城。苏峻反,温峤筑垒于此,以逼贼。

一路行来爱爽秋,翠微亭迥踞峰头。地经兴废山仍旧,寺号清凉树亦幽。断续钟声敲破岭,百千帆影出沧洲。六朝台馆都难问,空剩烟云望里收。

覆舟山

太平门内。状若覆舟,故名,又名龙舟山。刘宋时改名玄武,陈高祖与北齐大战即此。山有甘露亭、瑶台、阆风亭、藏冰井,今皆废。

石磴盘空云忽开,覆舟四望绝尘埃。耳边钟曳回风过,湖上山衔返照来。渔父歌宁凭玉板,碧荷筒定胜金杯。寒鸦已集台城柳,人尚勾留未肯回。

钟山

朝阳门外。明孝陵在焉,嘉靖诏改为神烈山。周回六十里,高一百五十八丈。诸葛亮对吴大帝云"钟山龙蟠",指此。汉末,秣陵尉蒋子文逐盗死事于此,孙吴改为蒋山,又名紫金、名圣游、名北山。自六朝来便称佳丽,琳宫梵宇,穷极华美,计七十余所,今无复存者。

钟山高不极,人在半空行。路向林端出,云从足下生。泉声来碧汉,树色接长城。不到兹山险,怎知众岭平。

欲上悬岩顶,扶人仗古松。乱峰青霭合,野寺白云封。樵唱声三叠,江翻浪百重。尘嚣飞不到,风送一声钟。

乐官山

宋兵下江南,诸将大会,伶官皆痛哭不作乐,被杀,瘞此。

方悲故国家山破,肯为他人作乐来?痛哭损躯同报主,至今山鸟亦鸣哀。

石帆山

六合。大江中与瓜步相望,一名礐山。

石从江面起,俨以挂帆然。破浪乘风去,坚宜趁铁船。

男山、女山、姑山

朱门乡。三山相连,有石洞,号为仙灵遗迹,颜料山亦接此山。

三山联络起,苍翠插云霄。有意为云雨,千秋暮复朝。

鼓吹山

城南八十里。宋孝武九日登此奏乐,故名。

清晓来登喜乍晴,无边岚翠向人迎。林间鸟语争鸣处,犹作当年鼓吹声。

宝华山

句容北六十里,秦淮源本此。明神宗李太后因梦一山皆莲,建铜殿以供大士。山有观音殿、垒石塔、莲池诸胜。

华山来暮色,登眺爱黄昏。目送日归海,天催月傍人。烟云看世界,灯火乱星辰。何日结茅屋,千峰寄此身。

阴山

王导梦阴山神处,为立庙,故名。

盘旋穿石磴,峻岭接苍穹。山脊压松翠,江流射日红。烟沉沧海市,云逐片帆风。对景挥图画,来师白石翁。

茅山

句容。初名句曲山,因茅君得道,更今名。道书第八洞天,第一福地。山有三峰,三君各占其一,谓之三茅峰。三峰北为玉冠观,即所谓金陵地肺也。

晓携一杖登山麓,招客钟声先出谷。回看山下尽白云,白云千尺低于足。苍松古柏径迂盘,三峰矗立何漫漫。万派寒涛空际卷,阴岩乱挂惊飞湍。朱阁丹楹依削壁,天半烟霞生几席。茅君兄弟恰三人,各占一峰成鼎立。

绛岩山

句容。一名赤山,丹阳之义取此,唐改今名。山极险峻,下临平湖,五季时土人避兵其上。

山是胭脂泼，山云易变霞。世人曾罕利，好住赤松家。

雁门山

府东南四十里。山势连亘，类北地雁门。上有温泉，可治冷疾。

流出温泉水一湾，春风偏驻雁门关。亘连形势寒云锁，何处飞来塞北山。

横山

四方望之皆横，故名。横山有十五峰，中峰上有陶弘景丹井。又《春秋传》楚子伐吴，至于横山，即此地也，在府南一百二十里。

霜威叶尽脱寒林，万木枒槎夕照沉。要访故人家住处，杖藜一径拨云寻。

三山

在江宁镇东，三峰拱峙。晋王濬舟师伐吴，行师过三山，即此矶也。

江光如练白浮天，天外三山夕照边。万里狂流能倒影，高低烟翠六峰连。

竹里山

句容。途甚倾险，号为翻车岘。刘宋武帝破桓玄于竹里，即此。

市声飞不到，叠叠两峰围。树老秋生早，山深客到稀。

藕塘渔父艇,花圃野人扉。如入武陵境,真堪避是非。

六合山 以下定山、灵岩皆在江以北,
因登望江楼及燕矶,群峰一览在目,故咏及之

有峰六,曰寒山、狮子、双鸡、芙蓉、高妙、石人。有泉三,曰虎跑、真珠、白鼍。在六合。

何日渡长江,穷探此山美。登遍六峰巅,尝遍三泉水。

良常山

小茅峰之北垂。始皇登此叹曰:"巡狩之乐,莫过于山海。自今以往,良为常也。"故名。

秦皇登眺乐,一语重人间。巡狩偏难久,良常空号山。

东庐山

溧水。秦淮发源处,严光曾结庐于此。

崇冈策马过,遥望一峰碧。来寻结茅坡,曾住高人迹。

定山

江浦。上有狮子峰,下有达摩晏坐石。

不见达摩踪,空留晏坐石。仙佛总杳然,笑对狮峰碧。

凤凰山

在城西南隅,今骁骑仓是。昔有览辉亭,练光亭在山顶。

凤凰山势俯城隈,四面峰峦扑翠来。此日人烟遍林麓,当年曾筑好楼台。

17

紫岩山

在城东南。山石紫,故名。上有文昌阁,下有周处台。

陂陀连赤石,峻阁直凌云。台为孝侯筑,香因大士焚。洞宫神斧劈,形势虎头分。山色从来紫,登临况夕曛。

翠屏山

在城南十五里,与韩府山相连。

朝来一雨洗空碧,天外数峰锁翠微。忽听头陀钟几杵,隔林惊起乱鸦飞。

落星山

在板桥市,临大江,即王僧霸[①]连营以拒侯景处。

白发新知己,青山旧酒楼。落星寻片石,千载枕江流。

祖堂山

牛首南十里。南有石窟,岩若堂宇,上有芙蓉、拱北二峰。

石磴穿过叠复重,全无成见在心胸。担挑黄叶樵归岭,楼背斜阳僧打钟。追说禅宗留胜迹,爱他标格赏孤松。须臾云气因风起,遮断芙蓉拱北峰。

雉亭山

东北四十里,与旧临沂相望,齐武帝射雉于此。又蒋帝

[①] "王僧霸"当作"王僧辩"。

神白扇乘马,尝见形此山,又名骑亭山。

射雉寻常事,山何特著名。只因帝王贵,一动漫相轻。

灵岩山

在六合。山产石五色,常现山水、鸟兽、虫鱼形状,美者价重于玉。

烟罩霞烘趁远峦,一江秋水濯来寒。石灵自蕴天公巧,五色能成绝妙观。

青龙山

人多取石于此。山有蘼芜涧,齐处士刘瓛所居。府东三十五里。

青龙山色锁烟痕,涧说蘼芜伴远村。固尔有材供世用,其如凿破好云根。

白山

城东三十里。梁韦载屏居于此。

翠烟碧树锁溪湾,不号青山号白山。昔有高人曾筑此,白云深处辟柴关。

磨盘山

在定淮门内城上。山顶宽平如磨,可围棋焉,故名。旁有听潮小庵,一云幕旗山。

兹山信奇特,如磨转盘盘。扪萝蹑幽石,陟顶平且宽。

上可百人坐,远极千里观。高城寄足底,飞鸟翔林端。帆影日
来往,长江何淼漫。憩息藉秋草,高松根屈蟠。惜无楸枰设,
与客聊共安。倘逢烂柯者,吾亦偕清欢。

大壮观山

陈宣帝起大壮观于此山,故名。在城北十八里。

当年曾起观,大壮势岩峣。山本无今古,名犹唤六朝。

韩府山

韩宪王墓在,故名。

形势逶迤碧障长,两峰高起暮苍苍。名山得葬忠臣骨,
千载犹传姓氏香。

东山

即土山,在城东南三十里,谢太傅安围棋赌墅处,以拟
会稽之东山,故名。按谢康乐玄亦有别墅在青溪东,宋时檀
道济居之,后名檀城。

东山旧迹已成空,高卧谁人继谢公。枰废只留烟草碧,
台荒犹剩夕阳红。山林经济关心甚,今古苍生系念同。扫径
我来重筑屋,一声长啸出云中。

摄山

山多药草,可以摄生,故名。又重岭如襵,一名襵山。
南齐明征君僧绍隐此,舍宅为寺。唐高宗制明隐君碑,碑阴

书"栖霞"二字，故寺名栖霞。山有三峰，东西环抱，寺在中峰之麓，左有隋文帝舍利塔，殿东曰紫峰阁，峰顶为千佛岭，在南齐时凿，名胜甲金陵。陈庆之[1]大破齐师、擒萧轨，即此。

山生仙草能摄生，摄山之名因以成。中有一峰高昂首，众山见之都退走。南齐征君古天民，隐居卜筑栖霞垠。丹诏屡下未可屈，节如白璧磨不磷。永明五年舍宅后，旋见梵宇易篷罍。蕉团禅室日增华，是昔衡门与圭窦。名山历世年复年，披寻胜境景逾全。叠浪岹岈踞其址，千佛突兀坐其巅。东山西山相合抱，一如虎踞一龙眠。我来纵目穷渺暝，万松离立苍龙影。迂回一径入寒烟，放开倦眼登绝顶。两肩高可摩日月，万重云气当胸接。长啸一声天外风，猿啼鹤唳动清越。吁嗟乎！宇宙以来有此山，人世古今相往还。其间登眺几多士，屈指泯没无传矣。隋皇舍利塔无光，石碧轩颓空说唐。咸通幢古谁继岁，岣嵝碑冷苔藓苍。即有江总无摘[2]客，年湮题字求难得。从古咏士留大文，历久皆化为烟云。烟云变换山不改，高风常在唯征君。来寻征君栖隐处，探幽踏遍云中路。攀岩才自云中来，转岩又向云中去。征君高节谁与比，隐居不肯事天子。终年贪卧此峰青，人世荣华呼不起。六朝往事过如烟，君宅至今留片土。舍宅为寺亦偶然，香山以前君作祖。夕阳影里拨云归，云外纷纷坠花雨。

---

① "陈庆之"当作"陈霸先"。
② "摘"疑为"谪"。

圣游山

溧水南六十里。孔子适楚,曾登此山,故名。

几峰壁立几峰横,孔圣曾登望太清。不是穷幽来绝顶,焉能高下辨分明。

慈姥山

城西南一百一十里,临江。山产竹,可为箫管,俗呼鼓吹山。

当春新绿万竿生,密雨晴云画不成。巧有伶伦能截取,吹之直作凤凰声。

方山

形方如印,一名天印山。秦凿金陵,疏淮水为渎处也。吴大帝为葛玄立观,上有石龙池,下有葛公井。在城东南四十五里。

青山日高高不止,头角触天天不喜。怒挥天剑斫山腰,截然中断形如砥。方山之方称其名,其脚壁立其顶横。江南之山固平远,他山那得如此平。是日天风吹雨散,忽见此山疑且叹。岂是阴晴彼此殊,分明云雾遮其半。不然金陵古帝都,曾此筑城作屏翰。楼观摧残睥睨平,一隅孤立如高岸。我为此山频勾留,爱山惜山替山愁。名山大川天府藏,利泽及人人蒙休。胡为庞然而大童然秃,其旁太崚不能生乔木,其上太高不可为田畴?名为天印天不用,弃置荒烟蔓草之遐陬,凤凰不巢麟不出,夕阳但下羊与牛。圆者逢时方者悖,将毋古今世事同悠悠。嗟哉我亦方人耳,如稜之觚隅之几,人笑则喜誉则忧,行或无使止或尼。自顾于世无所为,合与此山作知己。置田其下庐其巅,以方合方成二美。笑语龙邱陈季常,与君同号方山子。

牛首山

江表牛头,其形肖也,晋王导指为天阙,又名天阙山。上有弘觉寺,为懒融道场。

两峰似牛首,高向碧天昂。烟寺千层峻,云梯百级长。涧寒流水细,洞古野藤香。我欲来栖隐,于兹筑草堂。

卢龙山

在城西北二十五里,又名狮子山。晋元帝初渡江,见山形似塞北卢龙,故名。

雄似卢龙塞北山,嵯峨形势压江湾。最高峰尚输于此,俯视洪涛咫尺间。

祈泽山

城东南三十五里,与青龙、彭城连。

飞泉散若珠,险石蔵如坠。晋水与齐云,历尽兴衰事。

青龙山

句曲南七十里。一名洞山,上有石窟,其中堂台、帘龟俱以石状名,有坝曰牧门洞,出流泉不竭。

白云时复生,甘泉流不竭。堂灶皆天成,信是仙人窟。

虎耳山

句容东三十里。山有井,闻人声则沸,名沸泉。

虎耳山中泉,名奇事可述。非关有伏龙,闻人声便沸。

车府山

西南四十里。六朝藏车乘、甲器处。

苍凉野麓多乔木,昔藏车府兹山密。今留隙地老农耕,有时锄得金枪出。

烈山

城西南七十里。四面峭绝,下临大江,风涛汹涌。陈永定初,王琳造舟千艘,张帆直下,将窥台城,值风急,泊于此山。陈将侯瑱掷火炮焚其舟,琳遂大败。土人思瑱功烈,故名烈山。

当年曾筑大军营,四面洪涛战鼓鸣。一自公来传烈绩,千秋山亦赐威名。江深夜有蛟龙气,波涌晴多风雨声。今日升平无一事,萧萧芦苇傍汀生。

幕府山 登怀汉阳张春帆

晋元帝命王导建幕府于此,因名。下有五马渡,即元帝与彭城五王渡处也。城西北二十里,北滨大江,东与直渎诸山接,为金陵门户。

楚尾吴头接,迢迢江水长。忆君千里路,折我九回肠。红杏依村屋,晴川傍郭堂。来登幕府望,云树正苍苍。

龙山

南逾吉山三十里。王大司马九日宴龙山,参军孟嘉风吹落帽。

龙山九日登,为赴重阳约。寒林叶乱飘,似帽风吹落。

吉山

在上村。宋建城侯吉翰葬此,故名。

五峰联峙出层林,石隙流泉送好音。得葬建城吉侯后,佳名千载振于今。

鸡笼山

以形似,故名,一名鸡鸣山,在城北。

孤亭高北极,登眺出城寰。江远群帆集,天空独鹤还。秋风黄叶寺,人影夕阳山。晋四陵安在,唯看十庙环。

钵山

在清凉山前,形似钵,故名。今四松庵地。

路入松庵踏午晴,绿阴门巷昼啼莺。钵山亭榭真如画,每为寻僧过石城。

鳌鱼洞

沿山十二洞之一。

阴岩风冷欲侵骨，僻洞深藏势奔突。石奇怪底似鳌翻，当年原是蛟龙窟。

蓬壶洞

在茅山。愈入愈深，曾探至三十余里，意此实通地肺，东通林屋，南接罗浮，北根岱岳，西达峨嵋。

山阴开一穴，卅里客曾探。洞号蓬壶古，源通地肺深。烟光浓自罩，云气冷常侵。此地来栖隐，全抛名利心。

三台洞

石灰山下。洞最高广，旁穿曲窦，上漏天日，旧无知者，万历中一二达官寻得之。

霭霭峰头锁翠烟，涓涓石隙滴清泉。琼花瑶草铺如绮，此算人间好洞天。

虎洞

洞旁有庙，为妇女祈子处，取"入虎穴得虎子"之意，不知始自何时。在高桥门外，府东南四十里，旁有宫氏泉，宋人遗碑二通尚在。余伯祥司成雅游集，著此目，人始知之。

飒飒风生古洞塞，溪山尽可任盘桓。闻名客漫惊心甚，蹲石疑为伏虎看。

沿山十二洞

在观音门外。山多洞穴,有上台、中台、下台、鳌鱼等名。明太祖以形家言此矶及牛首皆不拱向钟山,凿其趾,以大铁锁环之。

洞天开十二,一洞一僧栖。径可沿山入,诗谁按数题。门空荒草锁,江近野云迷。数里迢迢路,追寻赖杖携。

金陵冈

在县西北龙湾路上,即卢龙、马鞍两山之间,秦人凿之,瘗金人于此。昔有碣,刊文曰“不在山前,不在山后。不在山南,不在山北。有人获得,富了一国”。后因砌靖安路,失之。

秦瘗金人后,金人何处寻。顿教求富客,过此起贪心。

武帐冈

幕府山东南。冈侧有武帐堂,宋文帝尝开宴于此,敕诸子且勿食,使知百姓艰难,识饥苦,知节俭。

堂名武帐聚群英,幕府山前列战营。难得南冈开宴日,忍饥犹自念苍生。

土门冈

杨公邦乂谥忠襄,通判建康。金师渡江,公书其衣曰“宁为赵氏鬼,不为他邦臣”,遂死之。冈即公剖心处。

辛苦艰难万状身,公真天地一完人。赤心剖处忠遍烈,碧血流来草不春。坊树土门松郁郁,墓依山陇石磷磷。凛然二语题襟处,余怒于今尚若新。

小石子冈

即新亭处,诸葛恪藁葬此地,在安德门外。梓桐山北亦有大石子冈。

六朝丛葬处,往迹已茫茫。策马冈头立,江流抱郭长。

梅冈

晋豫章内史梅颐尝屯营于此。颐在豫章,以书经古文孔安国传奏上元帝。梅冈旧名东石子冈,后改今名。

百级梅冈石磴长,六朝回首事茫茫。残碑没字镌蝌蚪,采鸟何人说凤凰。古木丛祠方正学,夕阳衰草宋忠襄。独怜四七重华句,竞说遗书出大航。

白土冈

土多白色,昔萧摩诃被擒处。顺治十六年,制府郎公大破海寇,郑国信即葬此,多作祟,城隍奉旨,临坛主祭,以镇之。

白山埋白骨,历代战场多。每到春秋日,饥魂盼驾过。

最高峰 摄山中顶峰

绕涧穿林石磴长,攀跻恰喜趁朝阳。身居飞鸟流云上,人在银河列宿旁。浦小似瓢浮远碧,江长如带束苍茫。洞箫吹向天风里,好散余音引凤凰。

纱帽峰

后赐改名玉冠。

是峰空着名,山中少贵客。此帽合谁冠,宣赠大夫石。

夹罗峰

即幕府山西北峰也,亦名翠萝峰。

两峰相夹处,一径望杳然。到此疑无地,登来别有天。白云时欲合,青霭断还连。笑指三山远,红留落日圆。

鸟爪峰

在钟山圆通寺后,一名凤凰尖。

峰峦如爪势纷披,疑向遥空鼓翼时。也似云霞生幻态,兽形鸟迹各争奇。

燕子矶

亦观音山余支也,一峰特起,三面陡绝,江中望之,形如飞燕。峰顶有俯江亭,翻江石壁,势欲飞动。在城西北大江之滨。

忆昨望江立矶上,群山皆作俯首状。平睨四壁青天低,俯瞰万丈惊涛壮。今日舟中回望处,矶形一半沉烟雾。濡墨对此作画图,一笔一住一回顾。水云和墨满纸铺,笔端信有江山助。别山笑似别友人,舟远回头心尚注。此时身亦如燕子,两腋风生欲飞去。

赤石矶

在四方城外,与紫岩山本一山。明太祖筑城,隔在城外。志云旁多榴花。

坚城跨赤石,隔断紫岩山。矶与潮相激,江通淮一湾。榴花迷马路,帆影过龙关。古塔长于近,渔竿坐未闲。

晏公矶

在石城门外西数里,明太祖建。

一矶高十丈,突立大江滨。帝业中流倚,渔翁助力神。帆樯坏庙貌,香火肃居人。尚有鸣榔集,城壕岁岁春。

蚵蛂矶

石头城下。南唐时歙人汪台符上书,烈祖将用之,宋齐邱嫉其才,诱令饮酒沉此。

恼将醉魄葬烟波,蚵蛂矶头恨奈何。世少休休相臣度,爱才心少妒才多。

三宿岩

在净海寺内。宋虞允文三宿处。

虞公三宿此题名,战鼓旌旗昔日经。风月逼人耽野梦,波涛入耳枕江声。峰头纍纍藤萝系,洞口阴阴云雾生。我劝老僧高起阁,借为屏障好相迎。

叠浪岩

石叠如浪,故名。摄山桃花涧旁。

浪不借风生,悬岩石叠成。明知平地上,过此亦心惊。

天开岩

在摄山幽居内。

信自天工开,非关人力削。春秋年复年,岩花自开落。

悬岩撒手

在永济寺内。

险境端由造化开,五丁若见也疑猜。悬岩作壁撑天起,怪石如云压顶来。日色终年不到地,阴霾深处易生苔。半空鸟道忽然阻,纵有飞仙望亦回。

献花岩

唐懒融居此,百鸟献花,故名。上有芙蓉阁、翠微房,澄江、大观两台,滴翠轩尤踞花岩之胜。

石磴萦迂出薜萝,楼台高下傍层阿。地偏自隔红尘远,禅静唯看白日过。树色断中山色补,岩花落处鸟声多。尚留支履西来意,振锡南宗论岂讹。

千佛岭

南齐明僧绍子仲璋为临沂令,于西峰石壁与度禅师镌造佛像,齐文惠太子、豫章、竟陵诸王增饰之。

山中有石凿千洞,一洞一佛相与共。石本无灵石不奇,石作佛像石乃重。创造果自何年始,临沂令说仲璋子。齐梁至今千余年,诸佛趺坐还如此。其中兴废几多事,人世繁华唤不起。石亦如佛终古存,不生不灭常不死。

屏风岭

在钟山。白石青林,幽邃如画。

涧水潺潺涧草馨,看山人立小茅亭。夕阳替写天然画,竹影松阴满石屏。

冷饭墩

在秣陵关西南。山系予家祖墓,有庵,即名冷饭墩,系予家庵。

昔僧结茅依墩旁,一瓯冷饭聊为餐。庵名署此千秋香,秣陵禄口之中乡。门外田畴万顷长,绕屋涧水流汤汤。我来小住好徜徉,且作吾家云水堂。

萧思话弹琴石

宋萧思话尝从太祖登钟山北岭,有磐石,命于石上弹琴,因赐以银钟酒。日相赏,有松石间意。[①]

闲爱云心似我心,松风飒飒响长林。客来犹忆萧常侍,

[①] "松石间意"琴是北宋宣和二年(1120)东京"官琴局"御制,有"天府奇珍"之誉。另有明代同名松石间意琴。

石在人亡谁鼓琴。

陈三品石

台城千福院,本梁同秦^①寺后。

一石传三品,佳名千载闻。当时朱紫贵,遗冢化烟云。

分中石

石方平,约围四五丈,在说法台东,居钟山之中。一名
横琴石。

平石如砥绿苔侵,倚坐真堪惬素心。何俟横琴来一拨,
松风偏作七弦音。

随鹿谷

在钟山。阮孝绪因母病,求生人参,躬历幽险,一日随
鹿前行至一所,就求得之。

灵芝根本产蓬莱,空谷能生亦幸哉。天为阮公全孝意,
遣将仙鹿预衔来。

栽松岘

晋令,刺史罢还都,栽松百株,郡守五十株。宋时,诸州
刺史罢职还者,栽松三十株,下至郡守各有差。亦在钟山。

晋宋当年人罢官,分栽松树白云湾。而今一树全无矣,

---

① "秦"当作"泰"。

此例何妨再一颁。

茱萸坞

宋道士陆静修饵茱萸于此。

羽客曾来陆士修，一番佳话至今留。春风不长闲花草，偏发茱萸傍浅流。

戚家山

南唐韩熙载宅在此，今报恩寺后山。

疏林隐寺路敧斜，地住南唐宰相家。玉管金箫都换却，而今唯听噪栖鸦。

卷二　川泽类

　　大江自慈姥山至下蜀渡,古称天堑。秦凿淮,吴凿青溪、运渎,杨吴凿城濠,宋凿护龙河,宋元凿新河,明开御河、城濠。按,自方山北流,西入通济,南经武定、镇淮、饮虹,西出三山水门,沿石头以达于江者,秦淮之故道也。自太平城下,由潮沟南入明内城,西入竹桥,入濠而绝,又自旧王府旁周绕出淮清桥,与秦淮合者,青溪所存之一曲也。自斗门桥西,北经乾道、太平诸桥,东达内桥、西连武卫桥者,运渎之故道也。自北门桥东,南至于大中桥,截于通济城内,旁入秦淮,又自通济城外与秦淮分流,绕南经长干桥,至于三山水门外,与秦淮复合者,杨吴之城濠也。自昇平桥达于上元县,后至虹桥,南接大市桥者,护龙河之遗迹也。自三山门外达于草鞋夹,经江东桥,出大城港,与阴山运渎合者,皆新开河也。东出青龙桥,西出白虎桥,至柏川桥入濠者,明内城之御河也。

黄天荡

　　摄山东大江阔处名此。谚有云"黄天荡,无风三尺浪"。

　　远与海门连,江流不计年。半空浮岛屿,一气滚云烟。水阔疑无地,涛翻直拍天。舟真如叶小,几点夕阳边。

秦淮 为汉阳张秋帆题图

秦始皇谓金陵有王气,乃凿钟阜、断长陇以流。其源一出句容华山,一出溧水东庭山,合自方山埭,西北流入郡城,出西水关,沿石城以达长江者是也。

君家汉水初入江,西游直穷江所起。沿江而下来江东,穷尽江源到江委。怪哉!不画长江万里图,乃画区区秦淮一条水。秦淮六朝都,自昔烟花市。疏凿四千年,弯环数十里。吴宫晋阙空寒烟,佳人名士渺中沚。桑田变海海变田,不料此水清浅长如此。张生好古人,爱此良有以。十五客金陵,历年过一纪。每卸征篷江水旁,即来打桨秦淮里。秋风几度挂帆游,因之自号秋帆子。黄鹤楼引梦归与,金缕曲催行乐耳。恨不生作秦淮人,风花欲别情难已。譬如我若楚南游,定向湘沅问遗址。美人香草合钟情,岂向长江便观止。君来二月中,君去四月底。来征诗百篇,去挈图一纸。披图如作秦淮游,读诗如见秦淮士。明春水绿秦淮时,莫但乘潮寄双鲤。

直渎

幕府山东。望气者谓有王气,孙皓恶而凿之,时昼穿夜塞,数月不就。有役夫卧其侧,见鬼物来填,因叹曰:"何不以布囊盛土弃江中,使吾辈免劳?"晓白有司,如其言,乃成。旁有吴将甘宁墓。

纵言多王气,地本属吴都。何事劳民力,于今没草芜。

运渎河

帝禅延熙三年,吴凿运渎,引淮水,北抵仓城,时又筑横塘于江口,至明,半湮没。国朝嘉庆二十二年,绅士捐金重疏。

南朝运渎旧通江,千载重疏便客航。晓月女儿歌荡桨,芙蓉争采向横塘。

青溪

发源钟山。吴赤乌四年凿东渠,名青溪,通城堑以泄后湖水,其流九曲,达于秦淮。

渐入青溪曲,风光更觉幽。穿林莺弄舌,浴水鸭藏头。塔影南朝寺,湖光北极楼。石矶卧渔父,闲杀钓鱼钩。

白鹭洲

水西门外,即今上新河。

寒夜叫霜乌,江洲片月孤。水天看混沌,云树总模糊。墙影参差见,珠光上下铺。是游同赤壁,乐岂让髯苏①。

落马涧

南门外,即善世桥所跨者。宋孝武讨元凶劭,劭军败,人马坠涧中,故名。宋王介甫诗云:"小涧何年跃马蹄,白沙翠竹净无泥。石桥流水行人过,野渡斜阳倦鸟啼。"曾勒石涧旁,今犹扑地。

---

① 苏轼的别称,以其多髯故。

南涧桥边涧水长,难将往事问斜阳。残碑剩有荆公句,曾去摩挲读旧章。

麈扇渡

即今毛公渡,晋顾荣以羽扇麾败陈敏兵处。顾荣与陆机、陆云称吴中三俊,荣后封嘉兴伯。

羽扇能麾数万雄,高风直与武侯同。吴中二陆称三俊,恐让嘉兴败敌功。

五马渡

晋元帝与彭城王元、西阳王羕、南顿王宗、汝南王宏渡江之所①。幕府山下。

秋风古渡草萧萧,建业江山往事遥。此日行人谈五马,犹传一马化龙谣。

桃叶渡

《古乐府》:王献之妾名桃叶,常渡此,献之作诗云:"桃叶复桃叶,渡江不用楫。但渡无所苦,我自迎接汝。"在秦淮今利涉桥东。

渡头此夕更喧阗,多少笙歌不夜天。青雀舫攒桃叶渡,红儿词唱柳屯田。烟花胜地原堪赏,风月良宵更可怜。嫁逸少儿殊不恶,美人应喜笑相延。

---

① 据《晋书》,"彭城王元"当作"彭城王纮","汝南王宏"当作"汝南王祐"。

禅灵渡

昔斗门桥旁有禅灵寺,故名,今俗呼为渡船口,鲜有知此名者。或云柳叶渡,亦无考证。

禅灵已无寺,此渡罕知名。空盼交流处,年年春水生。

长乐渡

汉丹阳郡在长乐渡东一里,今城东角内外皆是。郡治周一顷,开东、南、北三门。

长乐真名渡,而今尚设航。指来东一里,即是汉丹阳。

竹格渡

在运渎河,今陡门桥处,本名竹格港。

运渎入仓城,淮流直复横。虹桥一驾后,渡古只空名。

胭脂井

台城内,陈后主与嫔妃孔贵嫔、张丽华同坠井中,一名辱井,在今上元东北红花地上。或云在清凉寺者,非。唐宋人有铭诗皆曰"景阳宫井",即辱井也。

台城城破军声止,军士缒井君后起。可怜此井亦何辜,一辱至今不能洗。我来山下访遗宫,宫殿沉埋蔓草中。石栏苔藓常如湿,盈盈犹作胭脂滴。

保宁古井

在骁骑右卫仓门外。深数十丈,有泉眼四,旱不涸,味甘美,下有四铁人作柱。昔在保守寺内,寺后有览辉亭,宋熙宁三年夏四月亭立,今废。仓门口昔为保宁街。

不知此井凿何年,井底金人窥碧天。寺说保宁无处觅,有人犹唤保宁泉。

应潮井

钟山巅有定心石,山之半有井,其泉与江潮为盈缩,故名。赤乌二年,有人汲井得旧船板,铭曰"王子骏舟"。

古径盘云入岭东,来寻古井半山中。潮消潮长无差候,因识江山一脉通。

一人泉

在北高峰绝顶,仅容一勺多,挹之不竭。

峰顶曾来敲火煎,爱他石隙色涓涓。愿将一勺清凉水,化作人间普济泉。

曲水

晋海西公于钟山立"流杯曲水"延百僚,又乐游苑,宋元嘉中以其地为曲水。

当年曲水钟山麓,列坐流觞上巳辰。一自齐梁人去后,空余花鸟六朝春。

霹雳涧

刘宋时，三月三日祓除于此。晋海西公别墅。

市声飞不到，古涧窈而深。日色赤当午，崖根昼有阴。古苔涎篆迹，急瀑吼雷音。倚石煎茶坐，凭他涤素心。

观音港

观音山下，流通大江。

舟泊矶头近酒家，沽来村酿是流霞。钟敲暮色出空谷，雁带寒声下远沙。几树早霜红柏叶，一江凉月白芦花。夜深犹喜推篷坐，西舫东船静不哗。

投书渚

石头城下。晋殷羡为豫章太守，郡人多附书，行至石头渚，以书掷水中，祝曰："沉者自沉，浮者自浮。殷洪乔非致书邮。"

石头城下水悠悠，殷子投书在碧流。此日空余江上月，潮消潮长任沉浮。

梅花水

在石灰山南。兴善寺今名崇化寺，石隙涌泉，甃石为方，池仅数尺，明兴化宗臣① 有《梅花水记》。

---

① 宗臣，字子相，兴化人。明代文学家，南宋末年著名抗金名将宗泽后人。诗文主张复古，与李攀龙等齐名，为"嘉靖七子"（后七子）之一。

上有撑天石壁遮，一湾清浅泛梅花。煎来正爱香如许，泉脉疑通和靖家。

明月湾

句容。通秦淮，谢安月夜乘舟垂钓于此。

弯环秦山垠，潮通淮水春。唯有碧天月，曾照垂钓人。

玄武湖 王敬民招游

在太平门外。一名后湖，周四十里，本桑泊。宝鼎二年开城北渠，引湖水入新宫，湖名始著。宋熙宁时废为田，元大德中仅一池。明初，复开为湖，贮天下民册。中有五洲，南北曰旧洲，一名祖洲，西南曰新洲，又有太平、陵趾、别岛三名，共五洲。旁有甄邯墓，湖中有郭璞墓、天语亭。刘宋时，有青龙见湖西，曰龙潭。湖有毛公庙。齐武帝习水军于此，又号昆明湖。今半废为田。

久慕斯湖胜，频年几欲游。多君传素简，销夏聚名流。未泛波中艇，先登湖上楼。披襟凉已袭，三伏快如秋。

极目望苍茫，烟中岛屿藏。半边城作障，一带水为乡。前代储民册，当年习武场。而今住渔父，恰好咏沧浪。

密苇响潇潇，中流马路遥。小舟千折入，柔橹一声摇。秀让湖山占，香从荷芰飘。茫茫空四顾，何处着尘嚣。

五洲如列郡，分值势相连。名号殊新旧，居人半佛仙。生涯多傍水，来去只凭船。尚有毛公庙，犹将遗事传。

境入武陵源，真堪避世喧。人家鱼蟹市，茅屋水云村。

汀浦涵烟月,清闲到子孙。何时移居此,许我辟窗轩。

多少南朝事,题诗下笔难。荒城梁殿宇,古墓晋衣冠。亭废空天语,龙飞剩急湍。有洲名别岛,小立好盘桓。

湖岸皆山抱,潮波作镜开。好山如美女,窥镜傍妆台。霞抹轻脂染,云生淡粉堆。丝丝烟柳拂,眉黛翠添来。

十里烟波阔,何殊西子湖。但教起亭榭,莫任长菰蒲。水亦玻璃色,山真锦绣图。凿堤应有待,谁是白同苏。

燕雀湖

石城二里。昭明太子改葬时,阉人窃琉璃碗、紫玉杯,有燕雀数万击之,湖因名。又名前湖,明太祖塞之。相传太祖塞湖时,有一穴甚深,刘伯温请帝自临塞之,忽有妇人抱小儿自穴出,登岸百余步而灭,其穴遂平。

万顷烟波地,千年燕雀湖。忽教变宫阙,人但唤明都。

慈湖

城南五十里。石季龙入寇历阳,官兵屯慈湖,苏峻败司马流于慈湖,俱在此。今废为田。

昔是烟波地,今为稼穑场。慈湖名不改,过客感沧桑。

迎担湖

晋初,诸人避难南来,主客相迎于此。在石头城后五里。

避难来江左,艰辛一担装。主人迎到此,湖水空茫茫。

彩虹明镜

在栖霞寺。一名小西湖。

萧萧长蒲苇,湖波难似镜。烟外一桥横,彩虹犹弄影。

桃花涧

在叠浪岩下。

年年桃花开,春水绿平岸。花流到人间,宜作武陵看。

珍珠泉

游人拍手笑呼,则白珠点点上浮,晶莹可玩。

山中尽有泉,此泉谁与伍。端合饮文人,开口吐珠玑。

品外泉

未经陆鸿渐品,故名。

白鹿卧溪阴,苍鼺戏林杪。来寻品外泉,吐出莲花小。

白鹿泉

昔村人逐鹿,至此得之。

泉香芝草生,时时过白鹿。饮之得长生,益人逾百谷。

铁坛池

明永乐将铁铉置油镬,尸贮瓦坛,掷粪坑中,夜雷雨大作,晨易为清池,故名。

谁云天道竟无知,自有神功解获持。未许少污忠烈骨,风雷一夜变清池。

白兔泉

在学宫内。秦桧逐白鹿①,得之。明有刘青田铭。

源应通泮水,滋好润芹香。虽系奸秦凿,名留玉兔芳。

九曲池

昭明太子凿。在钟山。

凿池款佳宾,巡流清且爽。浮杯曲折过,也似湘帆转。

覆舟池

鸡笼山后。沿小径而入,萝木蒙翳,初若无路,豁然开朗,别有一世间,池可数十亩,水田村舍,仿佛桃源。南望鸡笼,长松千株,绵络云汉,东有古城,犹是南齐旧址。

山回径转有人家,隔断尘嚣是若耶。古堞寒烟添暮色,野畦黄菊酿秋华。澄波一片浮青霭,枫树千株染绛霞。遥指沙汀如雪处,数行征雁入芦花。

新州

即今薛家州。宋武帝射蛇处。

寄奴王者不可死,大泽击蛇蛇退徙。至今人过仰英风,芦笋排洲直如矢。

---

① "白鹿"疑为"白兔"。

八功德水

灵谷寺内。梁胡僧昙隐此,值旱,有庞眉 ^① 叟谓曰:"子山龙也,措之何难?"俄而一沼沸出。后西僧至,云本域八池,已失其一。志云:一清、二冷、三香、四柔、五甘、六净、七不饐、八蠲疴。

源自山腰出,流从竹接通。移将西域水,注此亦神功。

汤泉

城东六十里。汤山之麓,有泉喷出,热不可以手探,人呼曰汤水。

沐来便觉一身轻,那似沧浪只濯缨。倘使玉环曾赐浴,泉香原不亚华清。

铁冶沟

梁时作三坝,堰淮水以灌寿阳,今南马鞍山下三亩皆铁也。

灌水赴寿阳,沟堰皆冶铁。消尽百万斤,难补金瓯缺。

永宁泉

在梅冈永宁寺旁。味甘美。

半夜起吹邀月笛,一春不惜买花钱。午余小步梅冈上,来评江南第二泉。

---

① 眉毛黑白杂色,形容老貌。

莫愁湖 乙亥除夕与马楜邨题壁

三山门外。旧传有卢莫愁居此,因名。明为徐中山王园,有胜棋楼。国朝李松云中丞守江宁,曾捐俸修葺。湖光山色,诚大观也。予友马楜村著《莫愁湖志》行世。

红尘十丈拨难开,出郭探春碧水隈。汤沐尚传新画本,郁金无复旧楼台。每逢胜境连宵聚,再看湖光隔岁来。击钵声中吟未罢,卖痴时节共徘徊。

御沟

朱雀门北对宣阳门,相去六里,名为御道,夹开御沟,植槐柳。在城东南。

槐柳绿成行,中藏御道长。阴浓笼翡翠,波暖浴鸳鸯。染露旌旗湿,飞花辇驾香。我来寻旧迹,胜事忆南唐。

珍珠河

陈后主雨中泛舟,宫人见浮沤,呼以珍珠,故名。在城北府学旁。

宫娥不识水中沤,误作珍珠水面浮。怎奈光明消长速,难将穿戴美人头。

横江

江宁县西四十里与和州接界处,秣陵、历阳皆通。水西门外赏心亭侧,旧有横江馆,宋马光祖建。

君不见长江之水势若奔，翻涛鼓浪赴海门。一泻千里留不住，蛟龙起伏百昼昏。胡为忽有横江在，曲折回波另一派。舟人摇橹款款行，高唱吴歌发天籁。

汝南湾

当秦淮曲折处。晋汝南王渡江，家于此，故名。齐陆慧晓、张融、刘瓛并居其间。

汝南镇日系舟车，难得群贤比屋居。此日一湾淮水曲，荒烟安问旧门庐。

玉涧

今蒋庙侧缘山涧是也。

曲折流泉直复横，幽花香草涧边生。每当山雨初来后，历历如闻碎玉声。

乌龙潭

灵应山下。昔有乌龙见，故名。即颜鲁公放生池。

访胜石城西，壶觞唤仆携。消寒轻薄服，新霁软香泥。柳密排千树，溪双夹一堤。何年如我愿，筑屋此幽栖。

宫氏泉

土人一名珍珠泉，在高桥门外虎洞侧，相传犹两汉时物。

只此一湾水，来从两汉时。涓涓照人处，拂拭系人思。

卷三　城市类

金陵在《禹贡》扬州之域。春秋时为吴地，未有城邑，唯石头东有冶城，溧水溧阳之间有固城，及范蠡筑城于长干，楚置金陵邑于石头。汉有丹阳郡城，在淮水之南。孙吴、东晋、宋、齐、梁、陈为都，置宫城于淮水之北，而郡城犹是也。隋置蒋州城于石头，唐上元县城因之，后置昇州城。杨吴始跨秦淮大建城郭，宋元仍其旧，明开拓而建今制焉。按，孙吴建都四世凡六十年，东晋建都十一世凡百三年，南宋建都八世凡五十八年，南齐建都二世凡二十三年，萧梁建都四世凡五十五年，南陈建都五世凡三十三年，六朝共三百五十二年。南唐建都三世凡三十九年，宋南渡为行都七世凡一百三十九年。以上金陵为都，皆偏安也。至明为帝都，太祖、建文凡二世计三十五年，永乐后迁北京，目此为南京。自古海内建都之多而且久，未有踰于金陵者。

冶城

今朝天宫地。吴王夫差铸剑之所。

名传铁瓮镇天都，大冶何人技独殊。宝剑霜寒雄霸业，孤墟地耸忆勾吴。丹房尚有余烟袅，锻灶空嗟败草芜。曾过石头山畔路，苍苍云树听啼乌。

越城

周元王四年范蠡筑，又呼范蠡台，勾践筑此以谋伐楚。在报恩寺西，今净业堂内遗址犹存。西街有越王庵、净业泉。

禅院风清古迹埋，长干西畔小徘徊。一堆土石迷烟草，人踏斜阳问越台。

固城

古濑渚县，吴筑。周景王四年，楚灵王败吴军，陷固城，吴移濑渚于溧阳南十里，周七里为平陵县，又败于楚。后阖闾将伍员破楚，烧固城，遂废。

濑渚县真古，吴时一建城。两经军陷后，空号固之名。

秦秣陵县城

秦始皇二十五年灭楚，并天下，分三十六郡，改金陵邑为秣陵县。在城东南六十里，今秣陵镇即其地。

秣陵经过，吊古情钟。渺哉一邑，犹说秦封。

楚金陵邑城

周显王三十六年，楚威王所置。环七里八步。

最古金陵邑，称雄筑石头。至今霜草劲，犹带楚时秋。

汉丹阳郡城

元符二年，改鄣郡为丹阳郡，属扬州。统县十七，去长乐桥东一里,周一顷,开东、南、北三门。

郡在淮水南,长乐东一里。今寻旧迹来,一半埋城里。

吴建业都城

黄龙元年筑,淮水北五里,据覆舟山下。晋元帝仍吴之旧,宋、齐、梁、陈皆因之。

淮北覆舟南,周围廿里宽。都城从此始,磐固六朝安。

东晋建康都城

晋元帝渡江,避愍帝讳,改建业①为建康,遂为都。以宰相领扬州牧,筑城于淮水南,名东府城。

新城名东府,旧治号西州。更立四县名,以处渡江佣。

南朝都城

东晋亡,宋、齐、梁、陈皆相继为据,宫城、都城皆仍于晋,号京辇神皋。

都城开十二,宫禁已称雄。更设篱门险,规模六代同。

隋蒋州城

隋平陈,废丹阳郡,平其城以为田,乃于石头东置蒋州城。

隋立蒋州城,仍将太守置。时过六朝宫,云树毕陈迹。

---

① 原文如此,当作"建邺"。晋元帝为避晋愍帝司马邺讳,改"建邺"为"建康"。

唐昇州城

唐分天下十道,丹阳郡属江南东道,乾元元年改郡为昇州治。

旁有乌榜村,运渎水斜至。他日南唐宫,即属昇州治。

南唐江宁都城

徐温①改筑城郭,以府治为宫,以城为都,国号唐,复姓李,贯淮水于城中,南接长干。

杨吴更筑作雄州,南抵长干接石头。直取淮流入城内,至今歌舞不曾休。

宋建康府城

宋开宝八年,南唐灭,复昇州,仍以宫为州治,隶江南东路。建炎三年,改江宁府为建康府。绍兴三年,高宗驻跸,明年,徙府治于东锦绣坊今旧王府处,以府治地为行宫,设留守,命守城兼之。

改都为府,兴废不同。南唐宫地,作宋行宫。

元集庆路城

元至元十四年,更立建康路总管府。十六年,徙治于西锦绣坊大军库内今府治处。

犹是杨吴城,改为集庆路。府治今不殊,仍指大军库。

---

① "徐温"应为"徐知诰"。

明应天都城

明太祖灭元,改路为应天府,遂大建城阙,横缩屈曲,计周九十六里。又外郭,西北据山带江,东南阻山控野,辟十有六门。东、南、北六,曰姚坊、仙鹤、麒麟、沧波、高桥、上方;西南六,曰夹冈、双桥、凤台、驯象、大安德、小安德;西一,曰江东;北三,曰佛宁、上元、观音;西又有栅栏门二,一在仪凤门西,一在江东门北,共十八门。里十三门,歌曰:"神策金川仪凤门,定淮清凉与石城。三山聚宝连通济,洪武朝阳定太平。"合钟阜为十三门。今闭金川、钟阜、清凉三门。

金陵春秋本吴地,未有城邑惟石头。固城七里阖闾废,夫差冶城惟名留。长干筑城始勾践,越王台迹余荒丘。秦皇并楚置鄣郡,吴兴西城难详求。汉改丹阳吴建业,长乐东地一顷周。东南北门辟三面,渺哉仅与弹丸俦。黄龙建元城渐广,南临淮水北覆舟。周遭盘据三十里,宋齐梁陈承其流。东府城筑东晋日,宰臣作牧领扬州。其时建康名始改,六朝踵事形胜优。隋平其城为畎亩,蒋州城建旋亦休。唐为昇州起大顺,南唐徐氏恢其猷。初引淮水贯城内,江宁之号兹其由。南宋建康元集庆,名虽屡易何纷斜。前明建都大其制,九十六里广且衺。里门十三外十八,远枕江濑穷山陬。应天肇名本梁武,不典实贻儒生羞。王公设险古所重,徒取高广理亦不。百里之城如一国,攻易得隙守莫周。试观燕师渡江日,金川门启谁扞掫。所以古人称百雉,不以辽阔贻隐忧。即今省会称繁盛,生齿日富民居稠。要惟东南相聚处,西北半废为田畴。虽城实野究何益,往来几欲烦置邮。况今建极在燕地,胜国旧制当改筹。□阳流泉重相度,但须缩减无增修。

临沂城

今常白村即其地。

昔为临沂城,今作常白村。野田人打麦,全无车马喧。

白下城

唐武德九年罢金陵县,筑城于此,因旧名白下。今靖安镇北有白下城故基,即白石垒处。

靖安镇上古城荒,尚有遗基石脚长。千载江南呼白下,须知城本筑于唐。

西州城

在朝天宫前,即古西州门,羊昙哭大傅①处,即此。

为伤谢傅去难留,哭倒羊昙泪不收。今日摩肩多过客,更无人识古西州。

金城

桓温出镇金城,多植柳,伐北还后②,曰:"树犹如此,人何以堪。"举枝执条,泣然流涕。在今句曲金陵乡。

金城留旧地,客至感重过。树老青阴满,人归白发多。

---

① 当作太傅,此处意指谢安。
② 《世说新语》作"桓公北征,经金城,见前为琅琊时种柳,皆已十围……"。

一身已无那,千载更如何。一一寻遗迹,残碑细揣摩。

长干里

建康南五里有山冈,其间平地,民庶杂居,有大小长干。志云小长干在瓦官寺西南出大江,大长干今报恩寺前大道是。按,江东谓山为干,或又谓长干,即长岸也。昭公十七年,楚人及吴战于长岸,或云即此。

越王筑邑长干起,二里八十步有许。南环白鹭东赤矶,而今一半压城里。长干长干有大小,干名剩一他无晓。两旁列肆杂居民,当年女儿生来巧。朱唇玉腕何处寻,寺钟一声音渐杳。

饮虹桥

吴时建,本名新桥,后改饮虹,今仍其旧。又名万岁桥,唐人有诗云"万岁桥边此送君"。在城西。

一带飞虹驾碧流,谁家吹笛在高楼。桥头夜听声三弄,谱出秦淮九月秋。

武定桥

在长乐渡东。旧名长乐桥。

晚成鱼虾市,分列酒家楼。路近乌衣巷,斜阳空自愁。

金川门

明燕王兵从此入。

君臣环坐讲堂前,戈甲纷纷万骑连。燕子北来何太速,长江飞渡入金川。

上新河 访朱岳云道士，师有《岳云诗钞》行世

宋元凿，有上、中、下之名。自三山门外达草鞋夹，经江东桥出大成港，与阴山运道合者，皆是。

石城西一径，策马访斯人。问路不辞远，逢师果出尘。丰神清到鹤，诗画妙生春。颇得修仙术，安闲养太真。

鬼脸城

本楚金陵邑。因山为城，石如鬼脸。

孙吴城建业，峭壁一拳留。山鬼见人面，奇形标石头。蓬科江上晚，寒色戍边秋。多少南朝客，衣冠成古丘。

台城

即宫城也。晋宋时谓禁省为台，故称宫城为台城。至杨吴城金陵时，此城始废。旧志云在西十八卫以南，天津桥北，则仍指六朝宫城，可知今以鸡鸣寺侧为古台城，语多不合。陵谷变迁，兴废无定，其中安得无误哉？又按，梁武困于台城，《陈书》亦云隋军陷台城，则知台城为五代宫城之通称明矣。

偶过台城感倍伤，寒鸦衰柳冷斜阳。眼前一片萧梁地，都是当年歌舞场。

舍身应是障魔侵，三赎难回学佛心。贵到帝王犹有价，须知人世重黄金。

云光昔日枉谈经,坐视饥魂恨窅冥。徒自雨花难雨粟,翻嫌我佛太无灵。

横塘

《宫苑记》:吴大帝时自江口沿淮筑,曰横塘。按,横塘在秦淮南岸,栅塘在秦淮北岸。六朝宫城俱在淮水北,盖于塘上立栅,为宫城之护卫也。其南岸则止筑塘而不立栅。二塘皆吴时所建,每至混而无别。今自石头城而南,东至通济门外,皆其地也。宋马光祖诗云"如今何处是横塘,在府城南淮水旁",此可证矣。

春水摇波绿绝尘,石桥朱塔傍烟津。多情一带横塘路,门巷曾经住美人。

杏花村

在城山南隅,民居错杂,无复当年沽酒处矣。然仰接凤台古丘,俯视西园旧址,流连慨慕,时动人以清明、寒食之思焉。又荆公有诗云:"故国时平见乔木①,荒城人少半为村。"

杜牧当年问酒来,沿村红杏倚云栽。而今难觅青帘影,空剩芳名傍凤台。

旧院

明时处官妓之所。曹大章《秦淮士女表》云,当时十四楼分列秦淮,其后遂毁,所存惟六院而已,所艳独旧院而

---

① "见乔木"一作"空有木"。

已。今为菜圃,在鹫峰寺前。

招携穿野径,言过苑家桥。鱼鸟留千古,烟花想六朝。溪声因雨急,芦叶倩风摇。无限沧桑感,凭将一醉消。

望月桥仍在,湘兰不可寻。伊人空想象,胜迹久消沉。寺说南朝旧,花围小店深。分明城市里,恍似入山林。

长桥

教坊司大街回光寺之东。波水沦涟,垂阳掩映,联亘百余步,红桥绿溪,波光荡漾,为勾留游赏佳景。明末祠部将回光寺以东分置院外,此桥遂断歌舞之迹矣。

旧院长桥驾绿波,丽人终日闹笙歌。更怜三月莺花候,斗巧携来盒会多。

龙江关

在上新河。为南北要津,通漕运、竹木及米薪、百货。又,"龙江烟雨"为金陵四十景之一。

关势接苍穹,登临四望空。钟声何处寺,帆影大江风。薄雾山腰白,斜阳鸟背红。此身何所着,端在画图中。

乌衣巷

在城东南。内有乌衣园,乃王谢居,故名。堂额"来燕",岁久倾圮,马光祖撤而新之。今失其处,大约剪子巷至武定桥一带。

江南佳丽推六朝,一代人文重江左。龙蟠虎踞仰奇观,生长英雄原颇颇。乌衣巷里王谢堂,空余菜圃晒斜阳。当年飞燕年年到,盼尽吴宫花草荒。

邀笛步

昔桓伊善吹笛,子猷邀,过吹之,不交一语,坐胡床,吹《梅花三弄》而去。周晖《金陵琐事》云,贡院对岸有石,题"邀篴步"三字,今亦不见。

步名邀笛涨春潮,有客今来听玉箫。波底月摇双桨活,楼头人占百花娇。黄牵紫燕新杨柳,红衬青山旧板桥。昔日桓伊今不见,空留佳话重南朝。

朱雀桥

晋咸康二年作朱雀门,立朱雀浮航。以《金陵图》考之,当在镇淮桥北左南厢。梁侯景篡位,有白头乌万许集于门楼,即此。

烟雨江南树色深,一湾流水碧沉沉。岸花溪草春如旧,朱雀桥从何处寻。

花市 夜归

江宁县治东。比户多卖花者。

一生潇洒不知贫,到处常开笑口频。花市已无巡夜吏,杏村犹有醉归人。星辰光陟敲银汉,风露寒生湿玉尘。贪录看山新得句,西廊窗下一灯亲。

淮清桥

跨青溪,桃叶渡旁。国朝嘉庆二十三年,民捐资重建,较旧高三尺八寸,便通舟楫。

石头城霁雪,桃叶渡消潮。南郭朝游后,秦淮归路遥。笙歌停两岸,风月冷长桥。记得三春夜,舟曾系柳条。

板桥

江宁南三十里。唐李白有板桥夜泛诗[1]。

书画船轻出故关,碧芦江上水波宽。定多新境供吟管,岂少闲情寄钓竿。山馆酒浓游客醉,秧田雨足老农安。课晴日坐桑麻里,无限松云压石坛。

文德桥

本木桥,万历戊戌,邑人钱充业倡,首易以石。在文庙西。掘桥洞下土,得旧璨子甲二领,后丙辰大司空丁公濬河,又掘得璨子甲、铜钟一口。

夕阳时是放船时,一带烟波此景宜。雁齿桥阴兰浆[2]划,虾须帘影晓妆迟。扑人山翠浓涵雨,近水杨枝软拂丝。唤取一轮新月起,阿谁争把玉箫吹。

---

[1] 当为《秋夜板桥浦泛月独酌怀谢朓》。
[2] "兰浆"误,应作"兰桨"。

江东桥

在江东门。《明史》载明太祖大战陈友谅时本木桥,一夜改建为石桥。今仍其旧。

江草萋萋江雨收,石桥横处枕寒流。涛声远逐金风起,浪影晴翻翠黛浮。故垒已经成往事,渔舟依旧唱清秋。多情更是凌波月,一样光盈芦荻洲。

白门

地本江乘白石垒,唐武德元年筑城于此,宋明帝甚讳之,江谣常误犯,帝变色曰:"白汝家门。"在今北门桥北。

啼彻白门乌,南唐旧日都。至今名未改,底事怕人呼。

陶吴镇

在禄口镇西,陶贞白先生所生处。吴、陶二姓世居于此,故名。

陶吴两姓栖,镇名传不朽。应知兴败朝,不及居民久。

神策门

国朝顺治十六年,以败海寇功,更名"得胜"。

金川门闭后,神策验功成。得胜留威烈,巍巍花凤名。

蟹浦

直渎山下,今上元门左右。

小浦人过夕照迟,蓼花红处水澌澌。秋光催老霜螯味,况是田家酒热时。

新林浦

江宁西南二十里,晋张硕遇神女萼绿华处。宋开宝中曹彬破南唐兵于新林浦,即此。

昔有人逢绝代姝,溪山风景不曾殊。而今无复来神女,香月寒梅冷绿珠。

泥马巷

宋高宗南渡避难,骑马渡江,至此始知为泥马。

康王渡江乃神助,马涉江流如涉陆。到此鞭马马不行,知为泥马奇千古。

秣陵道中

《实录》云:周显王三十六年,越为楚所灭,乃因山立号,置金陵邑。迨秦灭楚,分天下作三十六郡,以金陵为鄣郡,后改金陵邑为秣陵县,梁、宋、北齐皆因之,今秣陵镇其故址也。

桥外敧斜一径横,此中歧路欠分明。溪田曲陌东西转,人影残阳向背行。地过秋霖深辙迹,场登霜稻聚禽声。淳风我羡村农好,客过还能让畔耕。

利涉桥

在桃叶渡西,以木为之,又名红板桥。

秋泛秦淮景寂寥,蒹葭深处小舟摇。桥头月冷消潮信,渡口烟疏瘦柳条。画舫无人争闹酒,绮帘有女学吹箫。一年已觉繁华异,何事兴亡忆六朝。

太平堤

在太平门外,北抵钟山草堂之麓,明朝三法司在焉,西带后湖,东带小湖曰燕尾,其名见《南京刑部志》。

左枕钟峰右面湖,烟光岚气雨模糊。长堤驻马一凝视,身在王维好画图。

鸡鸣埭

齐武帝出猎,至此始闻鸡鸣,故名。在玄武湖畔。

南齐天子工田猎,夜起遥山落月衔。知否贤君曾不寐,鸡鸣而起为民嚣。

赛公桥

即栅洪桥,明初建。明侍中黄观妻翁氏及二女并溺栅洪桥下,遂葬于岸侧。

桥边深竹野鸦飞,桥上沿村散社归。斜日入河人影乱,野田经雨豆花肥。近江山色连城绿,绕郭人家半水围。玉碎珠沉传此处,不禁垂泪吊斜晖。

石城桥 汉西门傍有石城祠

一番秋雨助波涛,新涨桥头长半篙。矮屋绿围堤柳短,斜阳红[①]上石城高。坐偕佛子心先澹,话到兴亡首易搔。赤壁当年传胜事,而今风雅属吾曹。

白下桥

即今大中桥。世传六朝大司马门在今中正街,南唐以前都城皆止于桥之西。

香车宝马日来过,桥驾清流锁绿波。西望民居丛聚处,六朝宫阙昔年多。

朱状元巷

朱之蕃宅,明万历乙未状元。在城西仓巷内。

状元及第姓名香,更比乌衣独擅长。车马到门多贵客,而今冷落剩斜阳。

程阁老巷

上元人,名国祥,万历进士,崇祯中拜相。

署名巷额也增华,异代犹传阁老家。身置衰朝空拜相,惜无功烈与人夸。

摄山道中

姚坊门下御道入摄山路。

策蹇来过江上村,栖霞形胜望中论。傍山楼阁仙人宅,

---

① "红"疑为"江"。

近水柴桑隐士门。秋稼黄分青笠影,霜枫红乱白云痕。漫嫌到此日将夕,月上东山夜未昏。

秣陵浦桥 感怀

秦秣陵县址少西为大李村,予家及祖墓在焉。按旧制明师渡江,周氏九世孙被燠粮以迎,遂官拔武宁主簿。正统间,被孙镛又出赈饥,旌为义民。秣陵李村其分支也。

偶过危桥有所思,渡头空水夕阳迟。人声处处喧关市,烟火家家出槿篱。扶柩昔年宵泊地,摇鞭今日晚行时。旁人不解沉吟故,道见秋山又想诗。

九里埂

在秣陵关前。

三里湾头路忽横,此身翻讶踏空行。山寒枫叶晴烘火,木落圩堤险过城。归鸟度从驴背下,斜阳低与客肩平。西山一一明如画,知为来朝报稳晴。

梦笔驿

江淹梦郭璞索还笔处。在冶亭。

古驿依然傍水湾,江郎老去泪潺潺。才人笔妙唯天授,梦里何人索得还。

江宁府治

洪武初,自集庆路徙治古锦绣坊大军库地,即今治也。

金陵自古繁华地,分野星占应斗牛。六代人文夸白下,龙蟠虎踞壮雄州。

上元县治

唐始置于永寿宫东,后徙凤台山西;宋徙白下桥,即今大中;明徙昇平桥。

南邦推首邑,雄踞大江东。创置南唐日,称名今古同。

江宁县治

古去城七十里,今江宁镇地。南唐迁北门清化坊,元徙城外之越王台,明初徙集庆路,即今治也。

雄镇江干内带河,豪门鼎族此包罗。自来江左称名邑,生长人文六代多。

仁孝里

明故生员赵拱辰宅心慈爱,笃于事亲,子孙能继先志,里人化之,遂颜之曰"仁孝里"。近西华门。

仁孝人所同,斯里独额此。但愿城市间,皆唤仁孝里。

下江考篷

昔为皇殿,武帝南幸时居之,后改为学院公厅。自耿恭简后多妖,近台学公寓,月下与夫人坐堂上,见小生员数十人拜舞阶下,遂急移居会同馆。后陈公怀云来重修,妖遂息。

昔日为皇殿,今犹选士场。有妖亦文秀,拜舞具冠裳。

卷四 宫苑类

考汉以后郡城，皆在淮水之南。六朝宫殿皆在淮水之北，近覆舟山。楚、秦、隋、唐之城皆在淮水西北，据石头，杨吴以后遂跨淮水而抵聚宝。明则因山距淮，尽乎四极矣。按，六朝宫城，正门曰大司马门，南对都城之宣阳门二里，宣阳门南对朱雀门五里，台省相望为御街；今中正街府军营内小桥，当是宣阳门处；直至北口西华门西大街，当是大司马门处；国学成贤街西口，当是宫后平昌门处，珍珠河正在宫内也；成贤街外号以东，抵西十八卫之后，当为都之北城；宋上元县西、细柳营直北，当为东城，武学北当为西城。其规模大略可见。至唐之宫，前临内桥，东尽昇平桥，西尽大市桥，北至红桥，为子城之限。又按，长安街西当为宋永安宫；北抵竹桥桥侧，当为梁金华宫；六朝城后国学处，为玄圃小教场；西门为上林苑，将台处为乐游苑，蒋庙之西南当为宋商飚馆，西北为亲蚕宫。此皆可因据而互见也。

吴宫

吴太初宫，即孙策故府，吴后主复于侧创新宫。

太初宫殿月铺光，宝帐青丝透晚凉。照见丽居云鬓洁，水晶帘下不须妆。

潘妃绝色著江东,抚案惊敲琥珀红。愁尚媚人况欢喜,信称神女冠吴宫。

晋宫

晋因太初之旧,至成帝营。建康府北五里。

华林举酒祝星时,示警天心若自知。夙宠如何翻怪老,戏言自取弑身宜。

晋孝武事。长星见帝,心恶之,举酒祝曰:"长星劝汝一杯酒,自古何有万岁天子耶?"一日,戏所宠张妃曰:"汝年近三十,吾意更属少者。"已而醉卧,贵妃弑之。

宋宫

宋明帝造紫极殿,珠帘绮柱,江左未有。

寿阳宫殿净无尘,小卧梅花树底春。艳处非关红点□①,六宫枉作效颦人。

遮面憎看障小纨,贤哉王后止君欢。怪他一事真堪秽,大会宫中裸体观。

齐宫

齐武帝创凤华、寿昌、云曜三处,又有灵和。永明中,置钟于景阳楼,宫人闻钟声起妆束。东昏侯又起芳乐、玉寿诸殿。

灵和殿柳拂丝长,春晓莺声隔叶藏。不问早朝奏封事,

---

① 缺字疑为"额"。《太平御览》:"宋武帝女寿阳公主,人日卧于含章殿下,梅花落公主额上,自后有梅花妆。"

景阳钟打为催妆。

宝炬珠灯照绮筵，飞仙贴地步金莲。忽教永寿兵戈至，惊散宫中夜管弦。

梁宫

梁武帝造华林园诸殿，多在台城。

相传性妒太无因，终化为龙异事真。露井见形通梦后，宫中称后更无人。梁武帝郗后事。

陈宫

陈起临春、结绮、望仙三阁，高数十丈，并数十间。

珠宫巧丽压仙都，艳质真推窈窕姝。夜半君王搔背处，爪长何必羡麻姑。高祖钮后手爪长五寸，见本传。

复道层台点缀宜，珠帘垂处日迟迟。他年宫井同藏日，曾忆分居杰阁时。

歌章争艳斗才华，宫女偏将博士夸。千载词人翻旧谱，伤心一曲后庭花。

南唐宫

今内桥北，以昇州治所为之。

新月弓鞋趁细腰，金莲六尺驾飞桥。窅娘更比潘妃巧，旋转凌云舞态娇。

明故宫

明洪武大内。国朝驻八旗兵于此,内筑京口将军署,即燕雀湖旧址。

地是前湖燕雀津,禁城宫阙杂荆榛。恍听啼鸟呼朝客,空见梅花占早春。错落金垣烟草锁,断残玉磴碧苔新。漫提四百年来事,多少沧桑触慨频。

旧王府

即元御史台故地,明太祖为吴王时府第也。今废为菜圃。

半为野圃半民家,四月齐开黄菜花。留得谯门古城堞,日寒犹集旧宫鸦。

含章殿

台城内,刘宋孝武建,即寿阳公主"人日卧檐下,梅花点额"处。

含章宫殿变泥沙,多种桑麻少种花。溪畔野梅三四树,春风开占野人家。

博望苑

齐文惠太子所立,沈约《郊居赋》"昔储皇之旧苑,实博望之余基"即指此。在城东六里。

博望寻遗迹,风光指顾中。鸭头春水绿,鸦背夕阳红。远近排飞阁,高低驾彩虹。六朝兴废处,烟树锁濛濛。

乐游苑

　　在覆舟山南,晋之芍药园也。义熙中,即其地筑台以拘①卢循,因名药园垒。宋元嘉中,辟为北苑,更造楼观于山后,改名乐游苑,士大夫往往禊饮于此。今城北小教场即其地。

　　昔日笙歌地,今为骑射场。有台堪演武,无地可流觞。青送群山色,时闻野草香。废兴多少事,人过感沧桑。

芳乐苑

　　齐东昏侯即台城为芳乐苑。史传百姓歌云"阅武堂,种杨柳。至尊屠肉,潘妃沽酒"即此地。在故台城中。

　　潘妃沽酒至尊屠,宫中游戏聊相逐。要作寻常市井徒,翻嫌天子殊拘束。

华林园

　　台城内。晋简文帝曰:"会心处不必远,翳然林木,便有濠濮闲趣,鸟鱼自来亲人。"

　　昔日华林园,今为烟草薮。无复玉辇过,时有野人走。

---

　　① "拘"当作"拒"。《读史方舆纪要》:"义熙中,即其地筑垒,以拒卢循,因名药园垒。"

卷五　园宅类

古园宅之在志者,如顾司寇之息园、武宪副之宅傍园,多荒废不可游矣。兹所载者,如袁简斋太史之随园、陶贞白先生之陶谷、绿园、宫园、瞻园、藿甘园等,皆可登可眺者也。

宫园

与隐仙庵邻。春日牡丹推金陵第一,有四照亭,胡兰川太守题额。

来探名园乐忘归,亭名四照百花围。人如群玉峰头立,万朵红云拱翠微。

乱红深处锦云罗,宝马香车镇日过。花事年年三月里,算来此地占春多。

月地云阶任往还,主人终日太幽闲。高台特傍悬岩起,收取清凉对面山。

马湘兰宅

名守贞,善画兰,能诗,海外暹罗使者来购画扇。今东园财帛司是其宅旧址。

当年曾此住娇痴,泼得胭脂水一池。毕竟至今留色在,淡红侵上蓼花枝。

伊人何在问斜晖,旧院繁华事事非。只恐芳魂应化蝶,寻香犹傍菜花飞。

小桃园

在东岳庙内。西近随园,以四围多桃林,故名。今道士徐景仙募资重修。

到处无非乐事真,纵游且喜及良辰。远寻云水松间路,来访神仙世外人。楼阁登时宜放眼,洞天深处别藏春。多情指点沧江曲,晚照峰头看日轮。

门对仓山一径斜,武陵中有赤松家。扑人山色争排闼,绕屋梅香正放花。居占仙源真福地,楼高层汉驻余霞。洞箫声里留题去,笑倩银笺纪岁华。

市隐图

武定桥东南云小西湖,昔为江文通宅,后为姚元白居。

从来大隐隐于市,名地真堪住大儒。岁久园亭未全废,至今人唤小西湖。

万竹园

城西南隅,今为邓太史居。

有癖真同王子猷,笔尖惯写万竿秋。浓涵烟雨疏筛月,时向名园腊屐留。

崇正书院

在清凉山顶。明耿天台先生曾讲学于此,即陈后主暑风亭址。

南郭聚名流,西城作胜游。踏青歌缓缓,弔古感悠悠。后主离宫在,前朝讲院留。荒凉僧作宅,今古客登楼。往事逝如水,欢场空自愁。花香酣梦蝶,溪暖浴轻鸥。爱憩铺歌席,贪眠枕石头。良朋常醉好,身外复何求。

杏村草堂

在骁骑营护国庵,予家此将百年。

家住城西畔,地传红杏村。有庵环草舍,无市闹柴门。守拙艰生计,长贫负友恩。笔耕恒产在,聊以课儿孙。

青嶰堂

在城西南隅,嶰筠邓太史居,前明王计部、张太守、许鸿胪分居此。余癖画竹,尝过此看竹影,以取其致。

雉堞参差抱,亭台傍水湾。秋声万竿竹,云气半房山。花好自开谢,鸥闲任去还。垂竿寄幽兴,世事不相关。

清华山房

城西骁骑营护国庵,秦殿撰大士曾读书于此,题额古为关帝殿,明僧法后重修。国朝僧广田重修,徒孙德峰工琴善画,后吴怡园上舍亦读书于此,额其园曰"怡园",屋宇一新。

清华幽处扣禅关，此地人来俗念删。皎洁最怜今夜月，
分明照见隔城山。

瞻园　呈康茂园方伯

在藩司署内，明中山王徐公府第。署西即大功坊。

久羡名园未一过，畅游今喜入烟萝。亭台高下溪山富，
收得风花雪月多。

胜境真堪夺化工，危溪断处小桥通。奇观更有惊人处，
石洞云深虎啸风。

亭名钓艇枕溪塘，云水光摇上石床。倘有羡鱼清兴好，
垂竿何俟驾轻航。

奇石围云巧作屏，绿阴深处隐渔汀。昔人放鹤今招鹤，
一样千秋重此亭。

东园

在城东隅，与旧院邻，今为菜圃。然溪流曲折，塔影山
光，颇有幽趣。

访胜非关避是非，重寻旧径认依稀。打鱼溪渡垂垂柳，
卖酒人家短短扉。小鸟巢墙当作宅，寒虫裹叶自成衣。当年
箫管休重问，且把金杯对月飞。

西园　访李东林处士不遇

在饮虹桥西，明徐中山别业，后为桐城吴中丞园。昔有
栝子松，乃宋仁宗手植以赐陶道士者，下覆二石，曰紫烟，曰

鸡冠，宋梅挚诸人刻诗于上，今松废，石犹卧地。又冶城即古西园，王导所住。

散步西园俗念删，探幽来扣白云关。风牵绕屋千株柳，帘卷当窗几叠山。戏水野凫时聚散，垂竿稚子学清闲。杏花村畔迢迢路，两度寻君君未还。

松管斋 主人留听松声

在卢妃巷西五条巷，即国学马抑村宅也。抑村旧居饮虹桥畔，庭无松树，素慕司空表圣折松枝作笔管，因名，胡晚晴太守为篆额。后二十余年卜居，过是巷，望见出墙霜皮松如龙鳞，笑曰："此真余之松管斋也，折枝相待久矣，奚用卜为？"遂移家就之。

赏心松石结书巢，麈尾摇风响碧霄。何异当年同泛海，耳边秋涌浙江潮。

谢公墩

永庆寺旁，谢安与王羲之共登，悠然遐思之处也，土色赤。至钟山半山寺之谢公墩，乃谢玄所居，非谢安石所眺也。

名墩高起众峰低，纵目来登望欲迷。室隐万家云树里，江浮一线夕阳西。空传胜迹棋争墅，难觅遗踪屐印泥。得句须题僧舍去，锦囊何俟小奴携。

麦浪舫

在上河南圩内，朱岳云道士构于田亩中，以为宴会名流之所。

人市风波险,谁从陆地求。麦翻真作浪,屋小恰如舟。闲鹭飞常息,沙鸥去复留。好开诗酒社,佳日是春秋。

恬波舫 赏雪

在莫愁湖,通州游府汤渔村修葺。

莫愁岂独宜烟雨,冬日来过亦大观。湖面水凝冰作镜,柳头风堕雪成团。白连山郭真银海,清澈江天是广寒。只有老渔能耐冷,扁舟犹自把鱼竿。

冷朝阳宅

昔白下门外,即今之通济门外左右也。

身归名遂任徜徉,小住林泉暮景长。客到昔年白门地,关心犹问冷朝阳。

凤台蕉馆 怀黄秋舲客溧水幕中

即余家西馆也,凤台山下。

袖内常携叔度书,几回欲访叹无车。当君莲幕填词候,是我蕉窗泼墨余。二水新潮鱼去后,中山残雨梦回初。杏花村畔城阴路,长夏谁人问索居。

柳应芳宅

在杏花村。海门人,名陈父,为人和睦美髯,非力不食,工诗,每行街,低头沉吟,触人肩面而不自觉。嫁女以所刻诗板为食具,时谓异于昔人系羊牵犬也①。

先生一介苦吟身,题遍江南六代春。笑我亦同诗癖在,高风可许结芳邻。

生生堂

设长乐渡,前堂施药施材,设义学,冬日施棉衣,年底施米,诸善事皆绅士捐资办理。

堂号生生傍渡河,群公勉力莫蹉跎。翻嫌好事行来少,只为贫民苦太多。施药赠衣推要广,救饥拯溺感如何。人生最乐唯行善,为广皋仁养太和。<small>生生堂为救生总局设,水神殿内。</small>

息园

顾璘字华玉,官至刑部尚书,构息园,治辛舍数十间,以待四方之客,诚江左风流领袖也。

息园寻旧址,争说顾公居。宅已非前主,坊犹树尚书。断桥留古木,余地种春蔬。回想繁华日,门多宾客车。

江总宅

一为鹫峰寺,一为洞神宫。南朝鼎族多夹青溪,江令宅尤占胜地。《实录》云:"在中桥北,傍湘宫寺,后主尝幸之。"按中桥即今大中桥,过桥循淮水而行,不数里即湘宫寺旧址,在青溪曲折处。

---

① 据清周亮工《因树屋书影》卷六《刻诗板为食具·柳应芳》,"异于"当作"愈于"。

门巷青溪畔,风流尚说江。词人推第一,狎客是无双。乐向金阶舞,歌怜玉树腔。而今都作寺,朝暮听钟撞。

石巢园

明阮圆海所居,今为陶衡川孝廉宅,在城西小门口,今额"冰雪窠"。

园里居人姓几迁,园中竹石尚依然。咏怀堂额今犹昔,曾演当年燕子笺。

史墩

明史阁部别业。

别墅昔传明阁部,青帘今拂酒家门。菜花黄处飞蝴蝶,觅醉人来问史墩。

明德堂

两县学讲堂额也,文文山相国手书。天下皆明伦,唯此为明德。

当年劲笔仰先儒,忠义如公世所无。不额明伦额明德,至今留号镇南都。

丁字帘前

殆取"丁字帘椛卍字栏"之意。昔为沈补萝题,今兰川太守书篆,即明丁继之河亭。

秦王虽暴甚,此水独风流。地号烟花薮,人生歌舞愁。

绿杨桥外市,红杏酒边楼。旧额传佳话,前朝古迹留。

大隐园

今为张斗堂、雪鸿两明府之居。在新桥,西园有"城市山林"额。

大隐原于市,真才隐在心。名园斯额称,城市似山林。

南冈武山人宅

在长干里。屋数楹,极清雅,四时花卉不断。后有见山亭,胡兰川太守题额,洪稚存太史赠联,云"门外百级云路,帘前三时雨花"。

隔断尘嚣地,幽栖别有天。一花兼片石,无物不悠然。曲径行篱短,秋光一院妍。主人欣煮茗,留话草堂前。

松竹堂 赠朗如上人

在报恩寺南廊,与三藏殿邻,春日牡丹甚佳。

我是忘机客,师真无累身。有心来访菊,何意遇高人。莲社容清酒,祇园绝俗尘。听松亭上立,松子打窗频。

隔墙松百尺,绕屋竹千竿。澈夜涛声涌,迎阶翠色寒。小窗晴亦雨,此景易而难。羡煞幽栖客,心身太觉宽。

绝妙三摩地,蓬莱让几分。花明三月锦,塔涌九霄云。兰石天然画,莓苔古篆纹。此间留片刻,真足乐吾群。

有诗赓白雪,无地着红尘。室小香常聚,花多僧不贫。蒲团云作帐,孤壁树为邻。莫谓归途晚,东林上月轮。

随园

在小仓山,袁简斋太史罢江宁令后栖此。

北门桥转路西斜,曲折名园傍水涯。太白能诗非好酒,渊明辞宦为贪花。近来白下新营宅,说起钱塘旧是家。曾记袁丝夸不老,八旬两鬓未曾华。

招隐馆

宋文帝筑,居雷次宗。

宋文筑馆重儒臣,公是多才讲学身。招隐已无陈迹在,枝头空听鸟呼人。

邹满子宅

名典家于东园水滨,善绘事,工诗。

信步乘清兴,东园纵夜游。芦争迎渚月,灯闪隔溪楼。鱼鸟南朝梦,烟花旧院愁。欲寻邹子宅,应在水西头。

对山草堂

在磨盘巷内,为杨存斋明府别墅。

名园闻种万花红,有约来寻野径通。客未到门先注目,隔墙几树绿杨风。

唤人小鸟一声声,踏着香泥爱缓行。恰值养花好天气,余寒轻暖半阴晴。

构得幽居近水涯,先生清雅似陶家。直寻靖节归来乐,日伴云根只种花。

万香堆里日盘桓，未许闲愁到梦端。种得千竿苏子竹，
入门已觉绿天寒。

锦幔斜牵接翠萝，姚黄魏紫满阶罗。人家一样逢春到，
收拾春光此处多。

几间精舍枕池边，面北窗开雨霁天。日对南朝山一片，
看山不费买山钱。

和风轻袅绿杨丝，堂对山光小座宜。一曲洞箫吹彻后，
鸟声花影昼迟迟。

竹树参差绿映堂，风台月榭好平章。窗棂多用湘帘障，
屋里看花不隔香。

大栏干接小栏干，短筑墙垣透远峦。更引曲池穿竹径，
烟波深处好垂竿。

苔痕如绣草如茵，镜面波光耀眼新。别有一般生趣在，
隔溪斜日数行人。

高处来登眺碧空，四围香送菜花风。钟峰岚气长干塔，
都在平台一望中。

隐隐亭台隔野溪，归途人立小桥西。呼童记取来时路，
只恐重游径易迷。

彭城馆

在城东四十五里青龙山南。亦刘瓛所居，亦名彭城山。

彭城山上彭城馆，曾说当年刘瓛居。涧草岩花春自好，
夕阳桥上客骑驴。

藿甘园 <small>陪胡晚晴太守、马掬村同游</small>

在状元境内。方中丞居。

名园何代筑,游喜趁三冬。残雪余阴谷,斜阳冷碧松。
泉流清可鉴,梅放臭初浓。更喜丹枫艳,沿堤列几重。

石禅精舍 <small>集周青山、方竹轩、谈念堂、
常益泉兄云鹤分韵</small>

在武定桥义兴巷内。庭前石峰插空,玲珑可爱。

中山第甲郁风烟,富贵真为易了缘。别墅几更新额后,
一拳空说胜朝前。虹潜洞入盘旋谷,云抱亭摩咫尺天。往事
欲言心已醉,乱红如雨落当筵。

水染云痕树染烟,偶将图画纪良缘。豪情会续兰亭后,
朴素人追太古前。点点残红犹照槛,棱棱瘦石欲摩天。漫言
聚散浑无定,笑倩毫端驻胜筵。

五松园 <small>赠孙渊如观察</small>

在旧王府孙渊如观察宅。今为宗祠,五亩园在侧。

莫愁诗社款湖边,一别江南竟十年。告假偶归前住地,
相逢又是早秋天。苍生性命唯公济,风月烟花让我缘。明日
登舟江上去,片帆高破浪花圆。

青林堂

即灵谷寺中方丈也,上有明太祖《山居》诗。

世事变沧桑,青林尚有堂。山云朝作雨,松露夜飘香。

旧墨留禅壁,残经满石床。支公邀结社,妙谛话偏长。

遁园 怀顾文庄公

在花盝冈。明吏部侍郎谥文庄公顾起元居,公致仕后,历征五部尚书,不起。

遁园地僻锁云烟,况值三春景物妍。满径花香莺唤酒,一楼山色客题笺。傍桥流水浮鸥浴,压屋高松老鹤眠。怪底先生名托此,后重居住亦奇缘。

陶谷

城西隐仙庵后。昔陶贞白先生居,今钱次轩观察构为别业。

谷尚传陶姓,斯人不可逢。水流思往事,松老认前踪。石径莓苔锁,柴门竹树重。临风一惆怅,耳畔度疏钟。

三层虚阁迥,百尺老松苍。偶尔涛声起,欣然世事忘。烟云看富贵,花鸟费平章。高隐人何在,风林野韵长。

更衣厅 双松

明中山王更衣处,松石更古。在大中桥西。

一松高挺撑云汉,一松宛矫如盘龙。几回倚石向松问,曾见前朝徐国公。

葛稚川宅

在吴陶镇^①东。

尚有名溪号葛塘,稚川遗迹未全荒。须知世产神仙地,贞白陶公宅在旁。

安园

大中桥西义直巷。国朝康熙间,靖逆侯张勇平三藩有功,赐爵世袭。宅内有枪楼,门首有箭道,园有御书楼。

深深柳坞又逢春,高下亭台面水滨。林静忽惊红雨落,隔堤知有折花人。

绿园

在朝天宫前王府巷内,见《明史·内戚传》。昔为王凤相国宅内园,今属邢姓,人呼为邢园。

绿阴层叠护书帷,满架藤花翠带垂。泉石武陵溪畔路,云山摩诘画中诗。惯招游客开三径,不断园花放四时。消受一般清福好,神仙恐让此幽栖。

澄心堂

南唐宫内。后主有巧思,尝制澄心堂纸,时甚珍之。今内桥西北。

昔是藏书所,文章翰墨留。至今名不朽,纸价重千秋。

---

① "吴陶镇"当作"陶吴镇"。

快园

明为徐子仁宅,武宗尝幸其家,御晚静阁垂钓,得一金鱼,宦官争买,上大笑,失足落池,故有"宸幸堂""浴龙池"之额。

髯仙宅第真称快,曲折楼台出树高。留得一池春水好,绿波曾湿衮龙袍。

南轩

宋张南轩先生读书处,即今报恩寺内。
不见读书人,空传读书处。南轩旧燕来,营垒衔泥去。

来燕堂

乌衣巷王氏堂额。
王家门第列重闱,人对淮流感夕晖。但见双双飞燕子,关心犹问旧乌衣。

卷六　亭台类

　　凡山川佳丽处，须起亭台楼阁，乃足供游人之玩赏。然古迹多湮，倾颓殆半，其间可登览者固在所必纪，即有空名而无遗址可问者，亦必存焉，以俟考古者之穷探，更以期后贤之重建云尔。

雨花台

　　在聚宝山东巅。梁武帝时，云光讲经于此，天为雨花。

　　云光说法南山冈，经台高筑南斗傍。士女千人环听讲，山云山鸟争翱翔。妙谛上感玉皇听，左右天女仙霞妆。大开闾阖云五色，天花云外来芬芳。知师结习除已尽，花飞未许粘衣裳。转眼师去几千载，荒台寂寂留斜阳。栏边远木一线白，阶前低岭千寻苍。渡江吴猛空羽扇，献花懒融遗祖堂。仙佛一去皆不返，我来何用悲萧梁。高咏振衣千仞句，鼻观仿佛天花香。

说法台

　　在孝陵卫东北偏山腰。

　　说法人归望渺茫，四山岚气暮苍苍。枫林一样飞花雨，何止遗台傍夕阳。

昭明读书台

又名太子岩。在定林寺后北高峰下。

位烈①青宫不恃才,每逢胜地筑书台。枝头好鸟迎人唤,似和咿唔诵读来。

明月台

在摄山幽居庵。

台废基尚存,月轮圆复缺。人非昔年人,月是古时月。

中敌台

在江浦,西门城楼是其址也。韩信点将拒项王于此。

争说韩侯拒敌台,危基高距大江隈。而今四海升平日,在客登临眺远来。

九日台

在商飚馆冈上。齐武帝九月九日宴群臣于此。

九日台高望眼新,当年武帝宴群臣。客来不饮空归去,空惹黄花也笑人。

观象台

明为钦天监,今改北极阁,道士居之。圣祖南巡,御书"旷观"二字,勒石建亭于山顶。今名旷亭。

---

① "烈"当作"列"。

贪游不惜杖头钱,北极秋高古堞连。一径曲盘青霭上,孤亭高踞白云边。湖明夕照闻僧梵,树隐人家起暮烟。今夜愿依山馆住,好将星斗察诸天。

周孝侯读书台

城东南角石观音庵内古光宅寺即此地。殿后山石如掌,云光法师曾此讲经。一名蟒蛇仓,传梁武帝郗后死后化蟒处。

剩有书台傍旧城,斩蛟射虎震威名。看来盖世英雄节,也要忠言激始成。

练光亭

在骁骑仓最高处,宋保宁寺后。黄鲁直云练光亭极是登高胜处,然高寒不可久处,旁又有览辉亭。

江城如画列围屏,四面峰峦向此青。是凤凰山最高处,此基知是练光亭。

劳劳亭

江宁县西南十五里,劳劳山上。俯临江渚,为古送别之所。古名临沧观,今废。

劳劳亭畔柳苍苍,万缕千丝拂地长。阅尽世间离别苦,一生都为送人忙。

雨花亭

梅冈永宁庵前台址亭址,云木林秀,北望木末,林壑尤美。

谈经曾此说兜罗,感慨萧梁往事多。一自云光宣梵呗,
遂教天女证维摩。那知翠竹黄花地,忽唱青丝白马歌。日暮
炊烟齐绕郭,台城不见望如何。

凤凰台

宋元嘉十四年,有大鸟二集秣陵民王凯园中,文采五
色,彭城王义康因即其地筑台。在今骁骑仓西南,旁有晋阮
步兵墓。旧前临大江,后为杨吴筑城所蔽,故三山、白鹭洲
皆不可见。

凤凰台圮全无迹,尚有芳名未尽删。江远那堪寻二水,
城高何处见三山。酒帘招客争飘荡,牧笛横牛忆往还。惟剩
残碑传晋墓,我来瞻拜泪潺潺。

翠微亭

清凉山顶。

支公伴客出香台,雨霁登临倦眼开。帆影似云随棹去,
江光如练上亭来。情逢淡处忘儒释,春到浓时问柳梅。拾翠
莫嫌归路晚,前村沽酒倒金杯。

木末亭

梅冈上。后有啸风亭,南对雨花,北眺钟陵,据南冈之胜。

乘兴同游聚冠童,来从木末眺晴空。拾薪煮酒临蔽径,
阄令飞觞醉晚风。江水浮天铺练白,霜枫出树学桃红。归来
倩作云山稿,拈笔还临白石翁。

啸风亭

与木末亭并列，今俱废。

凭高开倦眼，长啸对晴空。河影低环郭，鸦声乱舞风。夕阳山脊紫，霜气树头红。更喜归途好，冰轮恰上东。

俯江亭 望月

燕子矶顶，俯临大江。

石矶高枕曲江隈，醉倚孤亭眼界开。鹳鹤欲惊秋月起，蛟龙疑驾夜潮来。百重樯影依云直，几杵钟声隔岸催。仰面却教星斗近，此身何处着尘埃。

忠孝亭

冶城晋卞壶父子死难处，即葬于此。明高祖将迁其墓，夜见白衣妇人据井而哭，已复大笑曰："父死忠，子死孝，乃不能保三尺墓！"言已遂跃于井。高祖感而遂止。

晋主无片土，忠孝有遗亭。至今冶城畔，瞻拜客常经。

征卤亭 [①]

征卤将军谢安尝止此 [②]，故名。在石头坞，晋太元中创。

古亭兼战绩，征卤 [③] 树奇功。访古人经此，关心忆谢公。

---

① "征卤亭"当为"征虏亭"。
② 误引李白《夜下征虏亭》诗注。"征卤将军"当为"征虏将军"。据史料，谢安未曾任征虏将军。"谢安"当作东晋时征虏将军谢石。
③ "征卤"当作"征虏"。

东冶亭

在府东三里汝南湾,西临淮水,晋士大夫送别之所。《南史》云:"王裕之辞尚书令东还,车驾幸东冶饯别。"即此。在通济门外中和桥左右。至城西亦有冶亭,乃王导所移冶处。

昔人饯行处,风景易生愁。别意唯山在,离情共水柔。柳牵南浦恨,歌唱白门秋。风雨逢寒食,关心客漫游。

半山亭

在摄山半山。

盘旋穿石径,峻岭接苍穹。山脊压松翠,江流射日红。烟沉迷海市,云远逐帆风。对景挥图画,来师白石翁。

太虚亭

在摄山半山侧。

太虚亭迥距层嵬,云级登时住几回。槛外终年行日月,座中有路接蓬莱。万重云气迎人起,一派江涛动耳来。俯视栖霞环寺树,小如攒荠密如苔。

绣衣亭

大茅峰之半。昔有三天使者,衣绣执金册以招大茅君,故名。

天使招邀去,茅君道力神。小亭高敞处,曾立绣衣人。

新亭

《王导传》云:过江人士,暇日过新亭宴饮,周颛曰:"风景不殊,举目有江河①之异。"皆相视流涕。王导变色曰:"当共戮力王室,克复神州,何至作楚囚对泣耶!"众收泪谢之。在城西南十五里安德门外,一名中兴亭。

江山举目客悲秋,坐听王言泣涕收。怪底他年开墓府②,新亭有志复神州。

赏心亭

丁晋公建赏心亭,以家藏唐周昉画"袁安卧雪图"张于其屏,经十四守无敢觊觎者,后为太守某以凡笔画芦雁易之。在今下水关处。

赏心胜境记当年,周昉丹青向壁悬。欲访遗亭何处是,淮流空锁六朝烟。

横秀阁

在鸡鸣山南高庙内。

新霁霞拖一抹红,倚栏人正半酣中。九层塔隐迷空雾,几杵钟随出树风。阁从檐牙依北斗,诗留鸿爪在墙东。四围山色堪图画,写出全凭白石翁。

---

① "江河"当作"山河"。《晋书·王导传》:"过江人士,每至暇日,相要出新亭饮宴。周颛中坐而叹曰:'风景不殊,举目有山河之异。'皆相视流涕。惟导愀然变色曰:'当共戮力王室,克复神州,何至作楚囚相对泣邪!'众收泪而谢之。"
② "墓府"不词,当作"幕府"。

涵虚阁

在鸡鸣寺白衣观音楼。南唐建阁于东官园,即此地。

雁横秋影唳声哀,百级重登倦眼开。湖水白将僧阁倒,钟峰青压女墙来。孝陵云树人家远,历代兴亡古迹埋。惆怅不须追往事,一弹指顷去难回。

听松阁

在报恩寺松竹堂。僧朗如建,胡兰川太守题额。

出郭看花三月天,频来此地记年年。青无罅处全成幄,红到深时欲化烟。岾耳万松新雨后,凭栏一塔夕阳边。老僧清福容分取,半盏山茶试活泉。

飞虹阁 留赠李东林主人

在吴园。昔为徐钟山王 ① 别墅。

飞虹高阁与云齐,山抱人家水拍堤。柳叶绿时莺唱早,桃花红处燕飞低。酒缘遇敌方同饮,诗不逢君未肯题。曾忆六朝松石否,相携竹杖过崖西。

弹指阁

在高座寺内,今废。又唐李白□□ ② 中孚为僧于此,尚有中孚井。

---

① 当作"徐中山王"。
② 原文缺,据李白《登梅岗望金陵赠族侄高座寺僧中孚》诗,疑缺字为"族侄"。

石边井尚说中孚,阁剩芳名阁已无。俯仰古今皆幻境,漫言弹指在须臾。

紫峰阁

在摄山千佛岩下。

穿树鸟呼人,入山云让路。紫峰阁太高,白云不到处。

江光一线阁

在清凉山崇正书院。胡晚晴太守题额。

小楼高踞碧峰巅,古径莓苔薜荔鲜。一线江光明树底,千重山色列窗前。赤栏干外留云住,白石阶头任鹤眠。我惯手持三寸管,为师写出晚秋天。

昇元阁

本梁时建。唐李白《横江词》云"白浪高于瓦官阁",是阁之依山临江明甚。盖自筑城后,江水北徙,阁亦无复前此之胜。西晋时地产青莲两朵,闻之所司,掘得瓦棺,开见一老僧,花从舌根顶颅出,询及父老,曰:"昔有僧诵《法华经》万余卷,临卒遗言,命以瓦棺葬于此地。"

昔年高阁俯江流,日看风帆白浪浮。此日阁荒江亦徙,惹人徙①倚夕阳秋。

---

① "徙"当作"徒"。

延祚阁

宋太始中建延祚寺,寺后有阁,故名。今铁塔寺是也。

阁因寺遂名延祚,寺废年湮阁亦空。只剩几株桃李树,年年依旧笑东风。

飞霞阁

朝天宫内。踞冶城之巅。

飞霞高阁出尘寰,放眼能教百虑删。青影一痕陵谷树,斜阳几叠白门山。烧丹炉在仙何往,铸剑池留水一湾。我羡炼师工写菊,秋英落落墨痕斑。

昇阳阁

朝天宫内。东麓亭旧址。

景阳阁踞冶城巅,瑶窗三面纳云烟。危栏下视春满眼,柳丝桃片夕阳边。忽惊墨云送雨至,幻出奇观良足取。分明一幅米巅图,峰峦出没疑有无。每逢胜地连留久,况是知音欢聚首。休对名山忆六朝,兴亡阅尽惟钟阜。共拼归去醉如泥,酒尽诗成拖屐走。

飞云阁

冶城山顶。旧为西山道院,明初建,以馆刘真人者。

地住神仙是也非,市声不到俗尘稀。冶城山畔寻高士,金阙宫旁扣隐扉。鹤韵清能惊客梦,山云浓欲上人衣。凭栏动我狂吟兴,雁阵冲寒作字飞。

余霞阁

在龙蟠里四松庵内。嘉庆间,省内绅士捐买,施余诗弟子僧松亭建西爽草堂,陶熙卿兵部又建余霞阁于堂后,与诸姪读书于此,姚姬传山长题额,后李澥六太守又于绝顶建文昌阁,时屏障纯用玻璃,遂为西城登览第一胜地。

钵盂山畔路,溪转竹林通。点点留人雨,轻轻舞絮风。阁高飞鸟外,春老落花中。相访斜阳晚,疏钟散远空。

西楼 许看岩太史招赏瑞兰分韵

在上浮桥旁,昔为俞通海宅,石坊尚在。

瑞事忽从天上来,瑞花开出西楼里。大开琼宴会耆英,寿星淄流兼佳士。谈笑适兴共寻欢,笛弄梅花琴流水。猗兰猗兰胡为芳,原由请道其所以。公有菩提普善心,同心并蒂花争起。公为古今迈世才,一枝独秀花生矣。此花开放岂等闲,满斟一爵酬花使。愿尔年年作蕊时,呈祥应瑞常如此。

地楼

在永庆寺旁。

遥峰寺塔一窗收,细煮新茶雪满瓯。恰喜依山高筑屋,遂教平地也成楼。

日色斜沉月色新,谢公墩畔客寻春。山僧也解林逋癖,挂起南窗对美人。

百尺楼

府治东北，南唐李后主建。宫嫔宵娘纤丽善舞，尝作金莲高六尺，令宵娘以帛缠足，似新月一钩，翩翩素袜，舞金莲上，旋转有凌云之态，唐镐诗"莲中花更好，云际月常新"谓此。楼初成，招诸大臣饮，萧俨曰："恨楼下无井耳。"主问故，曰："独不闻景阳前辙乎？"主怒贬俨。

百尺楼高丽景开，金莲香软净尘埃。女儿此日苦缠足，争说宵娘作俑来。

逍遥楼

淮清桥河沿，今关帝庙地。明太祖于民之好博者囚于楼中，付赌具，令饿死。后因作祟，立庙镇之。

楼以逍遥著，楼名美若斯。只供心上乐，难救腹中饥。法更严鞭扑，人胡好戏嬉。至今遗庙在，神位镇邪魅。

唱经楼

北门桥北，明仁孝皇后建。

地僻宜修佛，楼高好唱经。共传仁孝后，异代尚留馨。

来宾楼

来宾楼好客争过，斗酒当年聚绮罗。尚有桥名留艳迹，数声鱼唱抵笙歌。

南市楼

明时十二楼之一,今唯此存。明初,揭轨《宴南市楼诗》云:"江头鱼藻新开宴,苑外莺花又赐脯。赵女酒翻歌扇湿,燕姬香袭舞裙纤。"读此,可以想其胜矣。

舞裙歌扇想当年,赵女燕姬列绮筵。十二楼空花月寂,名呼南市尚如前。

孙楚酒楼

在莫愁湖侧。李白于此玩月达旦,又曰城西楼。

白鹭洲边月镜浮,持杯赏到五更头。若非曾饮青莲客,只算寻常卖酒楼。

穿针楼

府治东北,齐武帝建。七夕,令宫人穿针于此。

一岁今宵一度过,倚楼宫女盼银河。穿针巧向天工乞,只恐人间巧更多。

延绿楼

南门外五显庙前。王佩霖山人宅,胡晚晴太守题额。

楼好欣从雨霁登,半空晴霭落窗棂。碧天红树青山影,一幅王维设色屏。

卧云楼 听孙虎溪主人弹琴

铜造坊黑簪巷内。

闲莫如孤云,静莫如古琴。主人闲且静,鼓琴卧云阴。所嗟人市俗,听此如聋喑。结彼百尺楼,楼高高入岑。出世不嫌远,入云不厌深。日日抱琴卧,浮云满衣襟。有时发清兴,招客如云临。一弹云霭霭,再弹云沉沉。客来有聚散,云来无古今。

扫叶楼

扫叶本僧名,国初人,苦志修行,筑楼于清凉山麓,与诸名士相友善,而楼遂以名传。

扫叶僧何在,空余扫叶楼。轩窗三面启,山色六朝收。霜树红于染,江帆白似鸥。居然云路近,身在竹梢头。

望江楼

在下关。嘉庆十年,绅士捐置红船,救覆溺者,于局外筑楼。大江横列,槛前数十里了然在目,对列浦口诸峰,最为雄壮。自设局后,救数千百人,江无溺死者,诚善举也。首事为胡兰川太守、杨恒斋、周濯、江茂才、甘梦六、龚锐彩上舍,而主其成者,则制军百菊溪先生、抚军胡果泉先生、今抚军陈香谷先生。

层楼高踞大江滨,四面窗开望眼新。黄鹤岳阳徒览胜,那能人世指迷律。①

一点灯悬百尺竿,常于黑夜照狂澜。客帆无恙中流渡,举目真同彼岸观。

海天日上晓云微,无限风帆傍槛飞。客到此间尘虑息,鸢飞鱼跃悟真机。

萧疏芦荻杂烟汀,云水空濛接杳溟。恰有隔江山似画,朝朝常对一楼青。

百千舟楫望分明,一片澄江浪不惊。那似秦淮起楼阁,只听朝暮管弦声。

芳草萋萋露远滩,洲邻白鹭锁惊湍。直将万里西来水,到此分为二水看。

珠江城郭认依稀,中敌台高望入微。指点烟波贪晚眺,楼头有客恋斜晖。

左有卢龙百丈峰,阅江旧迹已成空。凭栏纵目沧江阔,宛在琉璃世界中。

胜棋楼

莫愁湖上。明太祖与徐中山王对奕②,王胜帝,以湖赐为汤沐邑。己未年,予曾同孙渊如观察、崔筠谷、曹澹泉、方子云诸丈及同社六十人结诗社于斯,迄念思之,死亡迨半,想胜会于当年,业已风流云散矣。

楼俯平湖柳拂陂,远山横翠学娥眉。英雄儿女今陈迹,

---

① "律"当作"津"。
② "奕"当作"弈"。

胜负都归一局棋。

手持斑管写云烟,恰值黄梅风雨天。记得湖楼结诗社,不禁弹指十三年。

忠勤楼

在建康府治中,宋淳祐十三年吴渊建。今不详其处。

楼高百尺倚虚清,帘卷银河入望明。不爱云山供眺览,只谈经济为苍生。

海月楼

在市隐园中。昔为江文通宅。

池水盈盈带雨深,石边老树散秋阴。碧天海月圆如旧,市隐园楼何处寻。

临春、结绮、望仙三阁

陈至德二年建,在华林园。高五十丈,窗楹皆沉香,饰以金玉珠翠,后主自居临春,张丽华居结绮,孔贵嫔居望仙,并复道往来。

争传淮北石城东,多少繁华此地中。人事几经悲变换,楼台何处觅崇墉。临春结绮空荒圃,衰柳残阳认旧宫。怪底撩人无限恨,蝉声断续咽秋风。

化龙亭

幕府山侧。因晋元帝渡江化龙之谣。

化龙人不见,亭续化龙歌。世事沧桑感,须知变态多。

东南佳丽楼

在银行街,旧为赏心楼基,景定元年马光祖建。楼三层,李衢作记。

虚窗面面好峰峦,夜卷湘帘近斗寒。佳丽而今原不减,更谁于此起楼看。

伏龟楼

在东南隅城上。南唐建,宋马光祖增创硬楼八十八间。

层檐高敞距重城,共笑南唐额此名。曾读伏龟楼上句,何妨俯首纳天兵。

此君亭

王荆公尝题《华藏寺此君亭》诗。即今佛国寺。

一年写竹数千幅,日无此君谁我同。何事更从亭上立,淋漓腕底生秋风。

独足台

陈将亡,有一足乌独足上宫城台上,以嘴画地,书曰:"独足上高台,茂草化为灰。欲知我家处,朱门傍水开。"及国乱,迁洛阳,赐第于洛水傍。

兴废偏教鸟预知,怪他画地便成诗。待当洛水开朱户,梦觉回头事已迟。

烽火楼

在石头城最高处,吴建。又齐武帝登烽火楼使君臣赋诗,即此。

来登石城顶,烽火旧楼空。目眺三山远,长江落日红。

青漆楼

齐世祖兴光楼上施青漆,时人谓之青漆楼。东昏侯曰:"武帝不巧,何不纯用琉璃?"旧在台城内。

青漆名楼犹尚朴,增华其奈后人何。须知近世楼台式,纯用琉璃巧更多。

环峰阁

在城西护国庵,余题额。

阁势凌霄远市阛,朱栏花径绕回环。窗开树杪迎朝爽,饱看东南抱郭山。

伴痴阁

明史忠自①廷直,外号痴翁,有卧痴楼,在冶城山麓。余家望仙桥侧,地邻故址,因于宅后筑阁三层,为憩息之所。又尝师痴翁泼墨山水,额以伴痴,聊以志景仰之意,非敢云高风清节,足希万一也。

史公昔住冶城湾,贪卧高楼尽日闲。笑我伴痴同傲骨,

① "自"当为"字",音同致误。

移家远市闭松关。半窗绿锁弯环水，一阁青收远近山。茶灶
酒炉安放好，任偕诗友乐追攀。

卷七　寺塔类

祠部郎葛公所著《金陵梵刹志》四十余卷，大小寺院俱详载，大都就现在者，详其始末，元宋以前征不能举，文献无征，固宜尔也。山川不改，遗迹莫稽。顾文庄公《过太冈寺》诗云："可怜佛土还成坏，况复人间罗绮场？"寺在昭代犹尔，又何论于千百年而上此哉。

大报恩寺

聚宝门外长干里。吴赤乌间，康僧会致舍利，吴大帝神其事，置建初寺及阿育王塔，江南塔寺之始也。晋太康为长干寺，宋为天禧寺，明永乐为报恩寺，起九级琉璃塔，梵宇悉准宫阙式，嘉靖间大殿毁。国朝康熙三年，居士沈豹募建，殿壁汤懋纲画诸天神像，甚为工丽。

壮丽规模他寺无，森森绀宇俯名区。建初名字还争说，此外谁人道赤乌。

九层金碧拂云霄，日照霞烘舍利跳。塔寺名山原不少，端推此塔压南朝。

九级琉璃塔

在报恩寺。纯用五色琉璃为之，精丽甲今古。中藏舍利，震电晦明之夜，白毫涌出，夏戛如弹指声。明嘉靖寺火，塔无恙。旧有阿育王塔，晋太康间，刘萨诃得舍利于长干，复建长干寺，晋简文敕长干造三级塔，梁武帝诏修，宋改天禧寺，建圣感塔，元末毁于兵，明永乐十年敕大建之，万历间塔顶偏，僧洪恩修正，顺治十七年雷火损塔，僧重修，嘉庆庚午雷损，塔西偏，壬戌重修。

九级长干塔，琉璃点缀工。顶常磨白日，铃惯响天风。绝磴云痕锁，飞檐鸟道通。登来高纵目，身在画图中。

三藏禅林肉身殿

在报恩寺三藏殿内。僧越凡乾隆四十五年七月初四日丑时坐化，句曲贡生裴竹矅亦于是日辰时生。裴太翁夜梦报恩寺僧来拜，手提金丝履，言此一生也，醒而生竹矅，心异之。后竹矅年十七府试江宁来游，方上台基，忽昏扑地，后遂不敢再至。越凡故绊舌，竹矅亦绊舌云。

莲花座上老头陀，士女争来拜谒多。却笑禅家空色相，定留枯骨待如何。

两世分明事事真，轮回因果信称神。后身富贵休轻视，修到前生不坏身。

安隐寺 看梅

在梅冈。姚广孝曾居之，因名。安隐北接高座，南连宝光，东对永宁，即今云锦殿也。

为访梅花过野冈，几枝老干杂幽篁。寺门未扣香先到，苔径才通蝶早忙。初霁日光偏觉爽,乍春天气更生凉。昔人怪底来安隐,富贵何如此味长。

永兴寺

在梅冈西南。明成化初年赐额。

秋晴仍着早春裳,携酒来登梅子冈。性僻最怜云住懒,心闲转笑鸟飞忙。碧山红树斜阳晚,白石苍松古道长。何必登高定重九,赋诗且学谪仙狂。

宝光寺

在梅冈东南。旧名天王寺,刘宋大明中建,梁废为昭明太子果园,南唐更建后葬昙师起塔,遂名宝光塔院,元改为寺,有西域来贝多婆力义经。

僧老当门立,看山笑世忙。安禅消岁月,迎客整衣裳。山栗堆盘紫,新茶试口香。年年丹桂下,相与话沧桑。

天界寺 陪赵瓯白孙渊如两先生同游

旧在城中大市桥北,元名龙翔集庆寺,明洪武戊辰寺灾,迁建南门外善世桥南,旧有三十六庵、半峰亭、万松庵、金刚经塔,明钟伯敬书。

万树绿阴满,乘闲问隐君。入山深一径,群籁耳无闻。花气香朝雨,钟声课夕曛。老僧出迎客,衣尚带松云。

碧峰寺

晋瑞相院，唐改翠灵，宋改妙果，元改铁索，明洪武敕建，居异僧金碧峰，故名。僧俗姓石，乾州永寿县人也，楼供沉香罗汉十八尊，乃非幻禅师下西洋取来者，像奇古，与天界寺对。

古柏压檐青，晴云殿角停。佛前僧课鼓，阶下鹤听经。石骨当窗瘦，香烟杂桂馨。蒲牢三四拃，名利梦谁醒。

永泰寺

在吉山。梁建。

踏遍山前路，游来日欲曛。寺门秋草锁，石径古松分。台回时栖鹤，堂空半住云。与僧闲话处，落叶自纷纷。

芙蓉寺

在天界寺北。地名芙蓉山，故名。旁有小眼香庙。

为赏秋光出郭来，芙蓉山畔小徘徊。红争枫叶春千树，白满芦花雪一堆。旧地重经鸿爪在，高僧不见鹊巢埋。归途买得霜螯老，且向东篱共举杯。

回光寺

梁天监间创建。昔名萧帝寺，唐改法光，宋改鹿苑，明有回光大士自西域来，故名。国朝嘉庆间僧镜澄设恤颐堂于寺内，养老人百六十人，生养死葬以安之。

今就禅堂养老民,恤颐堂设广皇仁。闭门好念千声佛,此地应多百岁人。殿上钟鱼翻贝叶,阶前松柏剩长春。六朝古刹知多少,犹说萧梁创建新。

承恩寺 赠鹰巢方丈

在三山街旧内旁。明御用监王瑾故宅,景太①间改为寺。志云山门外列肆,自昔已然,今俨然宦客邸舍矣。

钟声敲出御街东,门外喧哗列肆通。禅学参成诗学悟,莲花吐处笔花红。石根鹤唳松林雨,梵宇香飘殿角风。煮茗焚香留客话,闲情偏不受牢笼。

翼善寺

在土山,即谢安东山高卧处。武帝时宝公说法于此,宋元改净明寺。

山寺客初到,松林鹤未归。白云侵古榻,寒磬度斜晖。高卧客难再,谈经人亦稀。留连论往事,欲别更依依。

佛国寺

在太平门外,钟山之西,古华藏庵寺,建于宋。有古柏二株,唐时故物,国朝僧广聚重修。

钟峰东峙好峰峦,寺枕危冈野径盘。门外溪流云曳白,林间霜重叶留丹。静谈禅语频挥麈,贪看秋花更倚栏。却喜

---

① "景太"当作"景泰",明代宗年号。

老僧能爱客,一瓯香雪煮龙团。

本业寺

麒麟门外。梁天监九年建,后有谢灵运墓。

一杖入黄叶,千山明夕阳。地偏远城市,寺古建萧梁。
僧老须眉异,碑残苔藓芳。来寻谢公墓,不胜感沧桑。

三塔寺

神策门外。明永乐建,旧有寒光亭。

偶过秋郊外,行行野兴增。万山黄叶路,一寺白头僧。
古殿窜松鼠,苍崖挂野藤。一声清磬杳,斜照塔稜稜。

白云寺

钟山后峰顶。

云起山无寺,云消寺在山。人从云里听,钟韵落层峦。

圆通寺

钟山孝陵后。

山深云到卧虚堂,一杖来寻松径长。指点门前几行树,
年年春雨采茶忙。

皇化寺

在钟山之阴。即昭明读书台旧址。

来扣白云关,苍松翠竹环。僧锄春雨地,人踏夕阳山。

水石全高隐,人烟远市寰。看看峰顶近,有兴任跻攀。

惠应寺

南门外回回营旁。前明建。

地僻成香界,前朝创建初。寺虽埋蔓草,僧不废钟鱼。古磴留云住,空潭受月虚。寻幽经此过,兴败独愁予。

慈荫寺

在麒麟门外。一名排陀庵。

长途倦行役,小憩古香林。未拜金仙象,先闻烟磬音。禅房深曲曲,阶树碧森森。一任斜阳晚,谈经生道心。

香林寺

在太平门内一里,明大内后,旧地名白塘。宋元丰七年,王安石舍宅名半山报宁寺,元名铁佛寺,寺有吴道子画大士像及前明御案沉香宝座、铜炉莲座,皆极工丽。

昔是荆公宅,今为选佛场。花香散莲座,松翠拂云堂。僧喜终年静,人何举世忙。清言皆见道,空外下斜阳。

凤游寺 陪孙渊如观察方子云李瘦人同游

凤凰台之右。初名丛桂庵,嘉靖间因积庆庵改为古瓦官寺,遂亦名上瓦官。万历乙未焦竑易今名,立石为记,台属寺内。顾起元曾凿池,立放生碑于台下,晋阮步兵墓在寺内。

桂散香风曳薄裳，寻秋步上杏村冈。风台迹已湮年久，萧寺钟空到耳忙。穿径屐痕霜草短，过溪人影夕阳长。牧童欲问今难觅，不禁豪吟忆酒狂。

铁塔寺

亦名白塔寺，在朝天宫后山。刘宋泰始中建，名延祚寺；唐有僧灵智生无目，能通晓诸经，人称有天眼，为建塔于寺，名普照塔；宋熙宁间名正觉寺，王荆公尝于寺西作书院，建炎三年，以法堂西偏为宋高宗元懿太子攒宫；明初寺废，唯塔存焉，颓然山巅，颇有古致；乾隆五十一年丙午五月十九日，因雨坍卸，后有土人从塔根掘得金豆，盖当时埋以镇塔者。

寻幽来北郭，春色满芳菲。树与人俱静，花同鸟共肥。寺残空有塔，僧去不关扉。时向青帘下，陶然觅醉归。

铁塔寺塔圮 感而有作

城中塔虽多，然皆新整无意致，独此塔砖瓦参差，粉涂刹蚀，颇有古韵。且适居莫愁东偏，回光倒射，荡漾波心，夕照苍茫，晚霞掩映，摇风衔月，湖之景借斯塔者实多。乃乾隆丙午五月十九日午刻大风雷雨，塔忽坍卸，后之留连湖上者无复是景，最为可惜。

凌云古塔势崔嵬，此日倾颓信怪哉。五色琉璃成瓦砾，千年金碧化蒿莱。寺残尚有松千尺，佛古终归土一堆。几次临风独惆怅，斜阳欲别更徘徊。

净海寺 ①

狮子山麓。明大乐②中，太监郑和归自西洋，建寺，内有三宿岩。

东廊游过又西廊，为谒金仙到上方。笑我暂离城市远，满身新带野云香。

玉础香楹殿貌峨，游人着意好摩挲。人间富丽唯僧有，不独名山占得多。

到处唯闻诵梵声，禅房清雅绝嚣尘。我来暂领香花趣，也算无遮会上人。

一带奇峰寺后山，形如狮子踞江干。老僧招我寻佳迹，三宿岩须仔细看。

吉祥寺

元时为天妃庙，明永乐改寺，在清凉山之北。明建，焦太史竑读书于此。有古梅，新安鲍元泽见而拜之，建拜梅庵。

到处春光照眼明，纵游更喜趁新晴。远寻诗侣来山寺，吟踏斜阳过石城。户外数峰摇涧影，花间百鸟和书声。拜梅人去留佳话，空见当阶老干横。

普德寺

明正统间建。殿供铁佛两廊，铁罗汉五百尊，在雨花山

---

① "净海寺"当作"静海寺"。
② "大乐"当作"永乐"。

西。形家言,地名燕巢穴,台前有覆水梅四树,东廊内有罗汉泉,味甘。

言过普德寺,策杖拨云寻。荒冢斜阳冷,残碑古道深。燕巢传胜地,铁佛澹尘心。引我清狂兴,冰梅树作林。

能仁寺 看梅

刘宋文帝建,旧在城内南厢,杨吴改太和院,南唐改兴慈院,后改承天寺,宋仍今名,明洪武间移今地。有老梅一株,致甚古。

寻春步上佛前台,贪看梅花坐绿苔。一院香风无客到,落英飞片打人来。

天隆寺

凤台门内。重冈邃岭,古林律师塔在焉,又有象皮鼓老桂二株。

信步寻秋去,秋容杳霭中。寒禽啼古木,霜草瘦西风。地僻来人少,溪回有路通。遥看深树里,微露寺墙红。

永宁寺

在梅冈,与高座寺正对。志云寺后有啸风亭,永宁泉出其旁,今有市茶者结茅屋于寺左。按泉水轻清甘冽,金陵诸水无出其右者。志中所记井泉极多,于是泉独无考,亦阙典与?

寺距崇冈上,泉从石隙来。冷香新绿泛,文火细花堆。

僧老闲门闭,亭荒落木摧。临风一惆怅,欲去更徘徊。

幕府寺

在幕府山。晋元帝渡江,王导开幕府于此。上有达摩洞,寺旁有芦,相传达摩折以渡江之余。

苍苍烟树几重封,寺伴江干枕碧峰。径古终年无客到,白云深处一声钟。

祈泽寺

高桥门外祈泽山。宋景平九年,建初法师结茅于此,有神女来听讲,既而神泉涌出,遂为水旱雩祷之所。梁置龙潭方池,有双文杏在殿墀内,传初法师手植,又有南唐断石,刻元白野碑,乔司马题名,坠云峰、贮香室、仙人岩诸胜最为幽旷。

名山有名寺,胜地绝红尘。谷口泉喷雪,峰头石学人。松筠从不老,花雨自长春。神女曾来此,谈经往事新。

金陵寺

唐沙门贯休建,明僧崇正中庐山僧融城居此,今有塔墓,在寺后。

马鞍山下金陵寺,寺隐层林望欲迷。访古人来鼓楼北,看云僧立石桥西。鸟衔花雨开天界,钟曳香风渡野溪。唐代贯师今不见,空留古刹想幽栖。

隆昌寺

梁宝志公开创。万历三十六年,李太后感梦,见山生白莲,遂于此赐铜殿以供大士。去城六十里,宝华山上。

香雨慈云认佛居,入门满耳响钟鱼。江南古刹知多少,半属萧梁创建初。

弘觉寺

在牛首山。梁天监间,司空徐度建,名佛窟寺,宋改崇教寺,寺有白云梯、龙王泉、一灯楼,殿前银杏传法融师手植。又唐太宗因感梦,敕修浮图七级。又有丹灶,投以火薪,风自内生,须臾爨熟。

寺自萧梁建,名曾佛窟称。磴盘青霭上,人踏白云登。山耸排双阙,楼高闪一灯。近来仙洞畔,谁是坐禅僧。

衡阳寺

太平门外四十里,近新林村黄城巷,有山曰衡阳,因以名寺。寺有石幢二,镌南唐人姓名,又一水池,颇甘冽,唐法朗禅师说经,龙女来听,献此。

幢影经声古殿前,衡阳山寺早秋天。寻僧为酌龙泉水,敲火松阴倚石煎。

西天寺

明西僧班的达居此,故名。报恩寺后,虢国公墓右。

僧自西天来,寺以西天著。如何世上人,动欲西天去。

德恩寺

西天寺之东,本晋普光寺基,明正统间建,寺门南旧为南院,今鞠为茂草矣。寺内有井,刻"雷山义泉"四字,元正至①间凿。

野色苍苍古道平,寺门南望不胜情。歌台舞榭空烟草,唯听钟鱼晚课声。

幽栖寺 夜宿怀孙虎溪客京师

在牛首献花崖。刘宋孝武时建,山名幽栖,故名。唐贞观法融禅师居此,更名祖堂,有历代祖师像。

有客燕台作壮游,依依偏惹别离愁。纵游我过幽栖寺,长啸君登何处楼。千里人同今夕月,几章诗寄白门秋。夜深犹傍经台坐,落叶如花乱打头。

祝禧寺

安德门外。正德间建。

高云作晴色,流水弄琴音。斜径通村远,长林隐寺深。殿疏留古佛,僧老澹尘心。好鸟枝头唤,声声和我吟。

----

① "正至"当为"至正",元顺帝年号。

瓦官寺

城西南隅。晋哀帝兴宁二年诏移陶官于淮水北面，以南岸旧所施僧慧力建寺，故名瓦官。南唐改为昇元寺，寺后山立昇元阁。明初寺废，嘉靖中建积庆庵，掘地得昇元石像，遂改为古瓦官寺，其实非故址也。今僧妙圆重修。

岁暮近除夕，忙中自觉闲。兴来招我友，世外扣禅关。斗茗烟冲鹤，听琴志在山。明朝还有约，梅访石城湾。

正觉寺

城东石观音北。国朝嘉庆二十年，水月庵僧镜澄有诛逆功，敕建正觉寺，时掘地，得惠泉。

亭台金碧画蛟螭，钟鼓楼高日月披。访古人来千载后，须知水月是根基。

光宅寺

梁武帝旧宅，文光法师曾讲经于此，前为娄湖。在今石观音地。

古寺销磨无处寻，撑空石壁绝尘氛。曾传法语莲生舌，何处烟钟响入云。波影澄潭清洗虑，松花落地寂无闻。读书自古传家话，周处台高迥夕曛。

庄严寺

高桥门外。谢尚永和四年舍宅造庄严寺,陈高祖永和[①]二年五月舍身庄严寺,群臣来请还宫,即此。

地僻市尘远,招提古径深。楼高面山翠,树老落庭阴。花雨香天界,钟鱼课梵音。庄严金碧后,苔藓上阶侵。

天宁寺

高桥门外,宋治平间创建。山林幽迥,野泉散落,人迹罕到。

天开福地隔尘埃,树霭岚烟望不开。几杵蒲牢千尺瀑,一齐飞过白云来。

耆阇寺

在鸡鸣山之西。隋贺若弼自京口趋建康,陈主命樊毅屯兵耆阇寺,即此。今改名普缘寺。宋元嘉十六年,著作郎何承天立史学,司德谢元立文学,并在耆阇寺旁。

耆阇山中寺,来寻支上人。秋光近重九,风景胜三春。林绽丹枫艳,篱堆野菊新。昔年题壁处,拭目拂轻尘。

草堂寺

周彦伦隐居之所,后出为海盐令,舍宅为寺,孔稚圭作《北山移文》以讽之。即今明中山王墓处。

---

① "永和"疑误,陈高祖年号为"永定"。

看空富贵等浮尘,小住钟峰世外身。舍宅终当全隐节,如何还作出山人。

高座寺

晋永嘉中建,本名甘露寺,西竺僧尸黎密据高座说法,因名。后有中孚塔,中孚,李白之族子也,披缁于此,在梅冈。寺有记,宋马光祖撰并书。

访古过梅冈,人来踏夕阳。树喧禅寂寂,僧老貌堂堂。花雨香天界,蒲牢出上方。烹茶汲泉水,弹指话沧桑。

栖霞寺 访默然方丈

在摄山东,即南齐明僧绍故宅,陈江总有碑。后唐改功德寺;南唐改妙因寺;宋改普云寺,仁宗赐金宝方碑;明初仍名栖霞,王凤洲有记。

径转溪回水自流,满山红树寺门秋。老僧知我探幽意,招向白云深处留。

名山主席旧相知,饭我伊蒲坐讲帷。风雨纵教游屐阻,且寻乐事画兼诗。

涧底潺潺响急湍,山风吹树叶声干。僧楼夜起推窗看,霜满空林松月寒。

一峰幽处一云庵,径曲桥横任客探。最好夕阳催晚课,四山钟磬隔烟岚。

永济寺

观音门外,倚山临江。明初建观音阁,正德开[①]因阁建寺,殿阁皆缘岩构成,空嵌绝壁,旧以铁索穿石系栋,登者股慄[②]。今江渐远,非复旧观矣。

寺距大江东,来游秋正中。我寻千古迹,帆住一宵风。石壁摩空翠,僧楼出树红。变迁沧海事,难问白头翁。

嘉善寺

在神策门外铁石山。明正统中,僧法通建,有石佛阁、苍云岩、一线天诸胜。

石壁撑空起,岩花自占春。为寻云际寺,且作入山人。采药过仙境,听泉遍野津。偶然与僧话,心迹觉离尘。

鸡鸣寺

鸡笼山东麓。晋永康间始创道场,明洪武二十年改建鸡鸣寺。

一寺依山筑,层楼万木中。鸦声翻落日,钟韵杂西风。远水平铺白,湖莲漾浅红。与僧谈妙谛,心迹觉俱空。

清凉寺

清凉山麓。吴顺义中建,名兴教寺,唐为清凉道场,宋

---

① "开",疑作"间"。
② "慄",疑作"栗"。

为清凉广慧寺,旧藏董羽画龙、李后主八分书、李骨逵草书,称三绝。后有不受暑亭、郑介公读书台。

当年原是旧离宫,山枕清凉万绿中。一径荒烟留古刹,六朝往事付东风。挂岩水浣云衣白,返照霞烘月镜红。漫道医王空色相,花开富贵正丛丛。

鹫峰寺

在钞库街。南齐为东府城,梁为江总宅,唐乾元中,刺史颜鲁公置放生池,国朝乾隆间,僧达宗重修。

为寻秋色过城东,长板桥西曲径通。云气堆来山脊白,霜花染处树头红。竹篱菊艳争新雨,古寺钟声度远风。好向支公谈净土,当阶松柏暮烟笼。

永庆寺

铁塔寺后。梁永庆公主建,故名。寺有白塔,亦名白塔寺。寺旁即谢公墩。

寺在谢墩旁,寺钟声杳杳。一塔明夕阳,红出疏林表。

观音寺

孝陵卫。明末居人曾避兵于此。

山从雨后向人青,出郭寻幽足不停。客到寺门还未入,老僧招看水晶屏。

灵谷寺

旧在钟山独龙阜,名道林寺,梁改开善,宋改太平兴国,又改蒋山,明洪武徙山之东偏,改今名。旧三绝,吴道子画大士像,李太白赞,颜鲁公书。有浮图,即梁宝志肉身,改葬于此。

五里松林入,涛声亦壮哉。路盘青嶂转,人踏白云来。萧寺余钟鼓,孙陵半草莱。<small>山阳有吴大帝陵,曰孙陵冈。</small>好凭图画记,幽意足徘徊。

志公塔

本在钟山独龙阜,永定公主造,浮图五级,明初移山东偏,亦有浮图在焉。

苍松山脊绿,斜日塔身红。忆到萧梁事,人犹说志公。

定林寺

方山上,宋乾道中建。钟山旧有定林寺,刘勰曾为之叙,白下寺塔碑碣多出其手,既废,移额于此。有古钟一百八乳,扣之清越,相传即古景阳钟也。又有葛仙井、象皮鼓、八卦泉。

疏林深处白云封,中有楼台殿角重。彳亍方愁前路隔,入山先听出山钟。

华严寺

在安德门外。寺有吴孙夫人铸丈六佛像,皆铜身,明有以总戎出家，肉身至今犹存。

为访华严胜，南郊一径寻。入山无数里，绕寺有重林。桥落深溪影，钟传出谷音。此间来小憩，恰好洗尘襟。

幽绝三摩地，红尘客到稀。苔痕侵石壁，云气上人衣。树古留鸦集，堂空待鹤归。老僧开野径，竹外设柴扉。

脱却黄金甲，来参白版禅。蒲团终古在，莲座一身坚。慧握骊珠转，胸藏舍利圆。知公有来去，是佛本西天。

寒山偕拾得，小住在人间。谓慧通、慧山两师。功行各俱满，荣枯两不关。随缘忘物我，有约守溪山。挥洒留鸿爪，重来墨尚斑。

永福寺

天竺山前，与天界寺对。明正统间建，今废，砖塔犹存。

古寺来寻询父老，寺基废尽迹全扫。空留一塔冷斜阳，孔雀台荒埋蔓草。

普照寺

在永兴寺旁。元至大间僧无尽建。

连朝寻古寺，出郭不辞遥。径曲穿危磴，溪回夸小桥。梵音闻隐隐，林叶响萧萧。丈室逢僧话，清谈见六朝。

太冈寺

安德门外。西禅桥南有冈突起，寺名因此。

郭外寻秋步野田，数声牧笛石桥边。云间夕照空山梵，树底人家晚饭烟。

封崇寺

三山门内。仓巷旁戒台磁佛千尊,旧名报慈廨院,僧皓清重兴,僧计兴丛林五处,名载府志。

阶下松苍拂殿阴,莲台千佛慧光临。晨昏一杵蒲牢响,唤醒居人名利心。

长芦寺

达摩渡江宿此。在浦口江滨。

祇凭一苇渡狂流,万顷波涛不驾舟。此日江干留寺在,永传佳话著千秋。

普惠寺 听畅如上人弹琴

在水西门外三山桥下。明永乐间为唱经楼,后改寺,今为客商堆集货处。有古井,系唐泰和①元年凿,国朝嘉庆二十五年掘地出之。

莫愁湖畔酒楼边,古刹来游晤大颠。为我松风弹一曲,余音散入石城烟。

湘宫寺

本宋明帝故宅,改为寺。旧在青溪桥北,今废。

---

① "泰和"当作"太和"。

贴妇卖儿钱不易,取来起创湘宫寺。寺基废尽何处寻,虞愿忠言尚堪记。

同泰寺

梁武帝创,在宫后别开大通一门,对寺南门,后改法华寺。在宋行宫北精锐军寨内,今约红花地北。

金银法像耀丰隆,佛事庄严国力穷。早识台城终饿死,舍身何事赎还宫。

卷八　庵庙类

金陵庵庙祠观多不可胜纪,今不过即名地显著、足迹经过者载之,余俟再为补出。

文庙

明德堂后旧是一高阜,嘉靖初,都御史陈凤诰夷其阜,建尊经阁于上。未建阁先,府学乡试中者数多,景定四年开科,中式者二百人,而应天中式二十九人,可谓极盛。自建阁以后,递年渐减,隆庆以后,稀若晨星矣。万历乙酉丙戌间,太常少卿济南周公继署府篆,公尚《元女宅经》,谓儒学之文庙坐乾朝巽,开巽门,而学门向左,属震,庙后明德堂,堂后尊经阁,高大主事,庙门与学门二木皆受乾金之克,阳宅以门为口,气生则福,克则祸,于是以抽爻换象补泄之法济之,于学之坎位起青云楼,高于尊经阁,以泄乾之金气,而以坎水生震巽二木,以助二门之气。又于庙门前树巨坊,与学宫并峙,以益震巽之势。于离位造聚星亭,使震巽二木生火,以发文明之秀。又以泮池河水不蓄于下,首造文德木桥,以止水之流。学门内旧有屏墙,戊子冬,公迁应天巡抚,下檄拆去之,曰:“明年当出大魁。”己丑,焦公果应其言。国朝四十一年丁酉,于学宫左又建魁星阁于卯方,以振木气。是年,乡试中者十三人,胡晚晴太守与焉。

千秋庙貌仰崇隆,天下文枢此最雄。两水西流分内外,一峰东峙插虚空。鼓钟教泽闻桥畔,丝竹声音忆壁中。试望苍苍松柏茂,应知赡^①拜古今同。

蒋帝庙

汉秣陵尉蒋子文逐盗死于此,土人立庙祀之,至陈武帝亦亲临祭焉。庙在太平门外。

庙貌巍巍镇郭门,须知忠义振乾坤。不然一尉官卑甚,何以封称到帝尊。

乌龙庙

在观音门下,大江南岸。

放眼望沧溟,舟行不可停。云沉千岭暗,龙过一江腥。喔喔鸣鸡浦,嗷嗷宿雁汀。谁人歌水调,声爱隔烟听。

五显庙

五显神系顾野王五子,萧梁时死节者,庙在聚宝门外西街东,明万历二十八年重修。国朝乾隆间,尹望山制军改为关帝庙,庙有雷劈银杏木、水流来佛二尊。

五显名犹旧,门迎南涧开。木经雷劈后,佛是水流来。幔好泥如绮,碑荒字蚀苔。老僧夸胜地,东指雨花台。

---

① "赡"当作"瞻"。

十庙

绕鸡笼山并列，皆明初建。山前有进香河。

鸡笼山麓侧，十庙倚山分。殿阁悬青嶂，钟鱼出白云。香烟春霭霭，游骑日纷纷。古道残碑在，前朝祀典殷。

萧公庙

明万历重修，学士余孟麟为之记，今僧定宗重修。在凤游寺北。庙供神像三尊，系祖孙三代。

当年庙貌枕江津，拯溺真人本性真。难得各分灵感后，祖孙三代总称神。

天王庙

在南门外三里店。今羽士张蕴泉居。

南郊西转入烟霞，清晓来寻羽士家。门外半溪流水锁，庭前满地竹阴斜。松枝绿湿三更雨，榴萼红开五月花。蓬岛丹丘今在此，铁鞋空着走天涯。

茅亭庙

在禄口镇，城东南七十五里。殿宇壮丽。

俗云神姓张，古姓无此字。封号称祠山，今世无此地。言佐神禹功，书史略不记。想是命司空，神实为佐贰。尽力沟洫时，神实司其事。虽非稷契伦，或与朱虎类。业不著随刊，功独在民食。专祀属田农，谅非无例义。因知唐虞杳，传闻难尽识。当时熙绩人,何止二十二。

朝天宫

　　吴为冶城,晋末为西园,宋为聪明观,杨吴于此建紫极宫。宋改天庆观,祥符中赐额为"祥符宫"。元初为玄妙观,后改为永寿宫。明为朝天宫,今仍其名。初,门向南,后以火灾,改门居东向巽方。国朝道光元年重修。

　　长松翠柏锁云烟,金碧楼台高下连。日暮道人供晚课,但闻钟磬发诸天。

洞神宫

　　淮清桥西,亦江总宅。宋景定四年,制使姚希得自蜀来,建此,奉清源、梓潼、白崖三神,又名蜀三大神庙。国朝嘉庆二十五年,又建吕祖阁。

　　洞天宫殿彩云浮,蜀使归来始建修。争说当年江令宅,地仍环绕旧淮流。

表忠祠

　　朝天宫东。明万历二年建,祀建文帝死节诸臣。

　　建文亡国未亡身,归得宫中老佛称。三十年来养士报,一时死节众臣能。

二忠祠

　　昔为三忠祠,国朝康熙四十年,吴钟骐修祠,改为二忠祠。在南门外,奉宋杨忠襄公邦义、文山公天祥。

阁踞南冈上,来游腊屐停。江光浮素练,山色列重屏。忠烈双贤匹,香烟百代馨。凛然遗像在,瞻拜仰芳型。

方正学先生_{孝孺}祠

在梅冈木末亭。公见器高皇,赐号正学。靖难师,文皇命草登极诏,公书篡字,詈不绝口,敲牙割舌而终,并灭十族。墓在祠后山。

先生忠烈亢文皇,登殿终难草诏章。舌断依然呼篡字,心伤安在问成王。千秋祠迥苍松古,十族魂归夜月凉。唯有雨花台畔草,年年青傍墓门芳。

清溪小姑祠

淮清桥西南。旧在石坝街,明改为黄公祠,而小姑祠遂废,后人复建小祠于此。小姑者,蒋子文妹也。今祠在,而供老郎神矣。

偶偕诗友两三人,访古清溪曲水滨。太觉按名全不称,小姑祠奉老郎神。

一拂祠

清凉山麓。宋郑介公侠监安上门,绘"流民图"力言新法之弊,去国仅存一拂,人称一拂先生。公少时,随父监税江宁,读书清凉寺中,嘉定间建祠。

生是公游地,崇祠建祀公。四山岚气里,一径鸟声中。

图绘流离状,心存拯济功。归来余一拂,千载仰高风。

陈公祠

凤池书院陈俨亭先生曾此主席,今令嗣云柯制军筑楼奉祠,额曰"承训",时嘉庆己卯冬也。

高楼新筑凤池旁,近接青云势颉颃。教泽昔曾留泮水,二恩今又荫甘棠。皋比 ① 尚认先生座,俎豆新供弟子行。绝胜南朝佳丽地,教公代代作桐乡。

钟山书院

在上元县后,为省城大书院,雍正年建,曾御赐"敦崇实学"四字扁额。明铸钱厰 ② 旧基。

清溪一曲小桥横,讲院堂开地毓灵。花绕诸生排玉笋,山迎太史聚珠星。美才奋发盈三舍,圣学渊源贯五经。我学吹笙曾滥入,六朝文物此仪型。

尊经书院

嘉庆十年,尊经阁焚,铁梅庵制军、康茂园方伯捐资重建,并设书院以养士子,与钟山同例。

焚膏继晷羡诸生,经学渊源圣教明。春染钟山书案绿,雨添淮水研池清。深宵阁吐文章焰,白昼堂闻丝竹声。何异汉儒穷白首,燃藜夺席久传名。

---

① 本义虎皮,古人坐虎皮讲学,后因以指讲席。
② "厰",应作"廠",即"厂",音同形近致误。

江宁府学

在鸡鸣山下。旧为六朝宫殿,明为国子监,国朝为府学。嘉庆二十四年己卯二月朔,火焚大成殿,绅士捐资重建,至次年二月告成,并开月牙池,通进香河。

左倚台城右覆舟,前朝初创几经修。晨兴讲学广文博,夜半传经诸士优。殿宇千寻霄汉迥,书声一片夕阳幽。北山泉向北湖汇,化作渊源泮水流。

全真堂

清凉山旁。原朝天宫钵堂,汉名开化堂,晋名育真堂,元改今名,明祀五仙于此。

翠柏森森立,门前野径通。钵香丹桂露,幡动石坛风。地僻仙常聚,丹成火不红。道人工济世,何事步虚空。

神乐观

洪武门外。明初举郊庙之祀,设观选乐,都北迁,改为道院,今改真武行宫。永乐立醴泉碑。

前朝殿宇峙云烟,兴废无端感变迁。壁黑空留樵爨迹,基荒难遇善施缘。野藤盘上金钟钮,古木横撑神象肩。只有醴泉名尚在,残碑欲读绣苔圆。

吕祖阁 画社,时集卢丈书船、马栩村、
崔春泉、张寿民、吴春泉

在雨花山顶。羽士居之,孙渊如观察额曰"五云多处"。

壶中仙酒泛仙霞,囊里金丹驻岁华。明日拟看蓬岛月,今朝拼醉赤松家。

五云多处任高歌,恍集群仙会大罗。恰有眼前图画稿,六朝山色列窗多。

清源观

在梅冈,即小茅山。宋名清源庙,成化十三年重修,赐名观。按清源君,蜀三神之一也。

清源仙院距岩巅,面北窗开塔影悬。助我清谈茶正熟,道人新汲永宁泉。

洞元观

天印山之麓,葛仙翁白日飞升处,吴赤乌二年建。群峰回合,万水萧疏,真仙都福地。洗药池、练丹井犹存。

洞里乾坤大,壶中岁月长。溪云常卧榻,岩鹿惯登堂。树密生浓翠,亭空敞夕阳。药池丹井在,仙迹尚彰彰。

灵应观 看梅

在灵应山。宋名隆恩祠。山下有乌龙潭,祈雨有验,故名。

九株梅致古,仙观隔遥津。烘日香浮雪,无人花自春。崖高时立鹤,地迥少居怜[①]。煎茗山僮小,头冠野角巾。

---

① "怜"疑作"邻"。

半隐庵

在禅灵渡口,常平仓东。

禅室晚风疏,琉璃殿上珠。地宜栽竹树,窗好种蕉梧。
心已向僧静,诗能对佛无。师真成小隐,清似玉冰壶。

狮子窟

鼓楼西北。明董其昌题额,字甚古劲。

狮窟留名刹,云常替闭关。在城还在野,依水复依山。
地是终年静,僧容尽日闲。探幽来小憩,坐久竟忘还。

慈应庵

麒麟门外。隆昌寺往来下院。

地距龙潭道,门前过客纷。往来僧一宿,流水与行云。

水草庵

明万历间建,通济门外。为放生、接众之所。

钟鼓香花讲院开,老僧说法坐莲台。须知粥饭能供众,
澹泊先安水草来。

霞心庵

在摄山之中,故名。以下至般若台八处,皆在摄山。

一径入霞心,团团锁碧岑。云生封户白,松老落庭阴。
湿藓空阶滑,秋花小院深。唤人清梦醒,疏磬出寒林。

德云庵

在桃花涧前。高阁观瀑布最佳。

人踏斜阳去,耽游屡忘还。溪声桃涧雨,松影寺门山。
石面终年瘦,云心尽日闲。果然隔人世,即此是仙关。

文殊庵

闲门向山,竹篱环绕,境最幽僻。

有楼高在山,窗开资登眺。过此一凭栏,聊以寄吾傲。
孤岛没寒烟,乱峰明夕照。对僧默无言,幽怀谁可道。题壁竟
归来,袖得新诗稿。

绿云庵

命名甚佳。

耽情山水乐幽探,薄醉厌厌酒半酣。斜日秋风黄叶路,
晚烟疏磬绿云庵。台平阁迥峰排六,桥转溪回径辟三。每到
禅关侬必扣,要将妙谛问瞿昙。

幽居庵

内有石峰诸景,曰云片,曰一线天,命名不一。

玲珑幽居石,昔闻未曾见。今来历历观,教人能不羡?
险作天堑形,平列屏风面。五步十步间,峰峦时隐现。忽作百
尺崖,忽跨千仞涧。忽如鸟兽形,忽似云霞变。俯首入洞中,
矜奇目欲眩。全露骨稜稜,俨削云片片。有穴忽裂开,中露天

一线。五丁凿不成,女娲难取炼。上挂藤萝花,经霜颜色绚。攀崖尘心忘,空教冷云嚥。

优昙庵

庵在半峰之上。

群峰低相环,庵在半山里。拨云转崇冈,寻幽行数里。到门立松阴,满地落松子。犬见客来吠,僧见客来喜。呼童汲清泉,煮茗味良美。告我三年前,有书通锦鲤。为作江山图,烟云挂壁起。子①闻颇愕然,作画亦偶耳。我身未曾游,我画先到此。画日在山中,我游将归矣。急展旧图看,再留诗　纸。聊结笔墨缘,与山相终始。

万松庵

虬松苍翠中,时有飞鹰往来,夕阳景况最佳。

乘醉夜游来,良宵胜昼景。明月出松林,相去踏松影。寒潭咽水声,空山人迹屏。四顾何苍苍,清机各自领。直上最高峰,长啸万山顶。彳亍下寒烟,露湿衣裳冷。

般若台

明歙处士王寅得《四十二章经》善本,乞诸名士书各一章,勒石四面。

台寻般若处,胜地好平章。花气袭禅室,云阴卧石床。

---

① "子"疑作"予"。

寒林满斜日,芝草健秋霜。无限清机引,尘心到此忘。

小九华

地藏殿在清凉山顶。

秋山一带绕城斜,佛殿金银入望赊。车马似云香似雾,清凉今日变繁华。

随着钟声入紫房,昙花香杂桂花香。笑他佛界人难到,士女如何满上方。

西照庵

芙蓉寺对山。地甚幽静,一名草庵,产枇杷甚佳。

芙蓉山畔茅庵小,柴门竹径喧啼鸟。江头帆影逐斜曛,一声清磬出林杪。

古佛庵

掘地得古佛。

佛古建何年,庵名更何取。不在汉以前,纵古未云古。

菩提场

鼓楼北。

行行忘路远,古刹访浓春。客似寻香蝶,花如索笑人。青山环绿水,白发悟红尘。俯仰乾坤大,真容自在身。

不二庵

北门桥西半亩园。国朝龚半亩先生居此,故名。

几间精舍锁云烟,别有人间小洞天。窗对小仓山外塔,门通桃叶渡头船。满篱秋色疏红蓼,一院香风放白莲。胜地依然传半亩,不禁栖隐忆前贤。

成仁庵

在长干里。僧善种菊,各色芬芳,推金陵第一。

问菊南冈畔,僧家异种攒。霜浓清有艳,花好大如盘。插案香侵袖,迎灯影到栏。况当鳌正老,不厌几回看。

紫竹林

在耆阇山麓。明末颛愚师建,师尝入定于伞下,一名伞居。

兴来访幽境,去去足无停。野老邀游圃,山僧款听经。寺门开返照,渔艇泊寒汀。笑指痴贪者,钟声唤不醒。

来兹庵

在陶谷。前明方公之别墅,后出家于此,今僧玉田重修。

径依山曲曲,门锁树重重。来探参禅窟,兹成避世踪。治生千亩地,涤虑一声钟。僧老贪嗔绝,看云日倚筇。

孔雀庵

在东花园因是庵左。僧介徽死,庵遂废。乾隆四十七年,因是庵僧三阶遂移徙佛像,平其地为花圃,周以短垣,与因是庵合为一庵。今半为张姓花圃。

孔雀庵何在,于今老圃居。荒园满斜日,无处觅钟鱼。

古林庵

在吉祥寺之左。明万历中,律师古心创建。

策杖过崇冈,来寻选佛场。云栖僧入定,松护雨飞香。游遍多幽境,谈深恋夕阳。翻翔千百鹭,似解献花忙。

四松庵

在龙蟠里。嘉庆二十年添买钵山朱园,造建楼阁,可极一时登览之胜。

檐角阴云合,凉侵风满楼。四松花径雨,三月石城秋。响杂当窗竹,喧呼几处鸠。眼前图画稿,挥洒笔间留。

三贤祠

鸡鸣山顶。宋征士雷次宗开馆教授生徒,齐竟陵王于此集学士为《四部要略》,梁昭明太子萧德施尝登此咏歌,祠奉三贤,友人汪邺楼董其事。

高建崇祠俯碧霄,鸡笼山顶势岩峣。座中诗酒论心快,槛外江天望眼遥。俎豆馨香同一祀,风流儒雅重三朝。幸逢好古汪沦[①]客,追慕前贤姓氏标。

眼香庙

在牛首山旁。宋高宗南渡,有妃留建业,善治目疾,殁,立庙祀之,呼为眼香娘娘,琉璃窑亦有小庙。

上池神水疗昏盲,怎不官家试此方? 当日若教明四目,早应奸佞识咸阳。

曹武惠王彬庙

明洪武二十年建于鸡笼山阳。

宋初曹武惠,平蜀平江南。不妄杀一人,千古传美谈。伐蜀为都监,安堵无惊厖。如何全斌辈,曾闻杀已降。及其南征日,身为都部署。曹翰屠江州,此事史犹著。己虽不杀人,人所杀已多。虽罪在群下,主帅所职何? 所以为大将,御下尤宜先。贤哉岳武穆,号令如山坚。以我寡陋胸,未必见闻洽。敢妄议前贤,聊示为将法。

海忠介公瑞祠

在聚宝山梅冈上。

君王西内事清修,力诋垣平破诈谋。此日荒祠守香火,如何还属羽衣流。

椒山忠烈继逢于,谠谏如公竟获安。不是死生有天幸,

---

① "汪沦"当作"汪伦"。

犯君犹易触奸难。

景公_清祠

与海公祠并。明万历时建,太常李维贞有记,城内皮肠巷亦有景公祠。

携来白刃愿偏违,消息端应早露机。岂有天心真助逆,肯将星像报绯衣。

程明道先生_颢祠

南门大街考篷旁。上元县治中亦有小祠,先生曾为上元主簿。

道统濂溪坠绪寻,河南兄弟又传心。一般弄月吟风趣,惟有先生得更深。

天后宫

狮子山下。明文帝遣使海外,飓风黑浪中赖天妃显护。明永乐十四年敕建,每年三月二十三日为神诞,祭赛尤盛。

卢龙峰下起珠宫,金碧楼台气象雄。海上自归天使后,至今谁不仰神功。

护国庵

即骁骑营,古关帝庙。国朝僧广田重修,秦磵泉殿撰曾读书于此,额书"清华山房",旁有小圃,后吴肇西上舍重为修葺,曰"怡园"。时掘得朱晦翁碑书《游仙诗》二首,字劲甚,因重立之。旁有环峰阁,余喜过从登眺。

好作幽栖地,禅房足喜停。鸟啼千树碧,山送一楼青。酒盏春邀月,窗灯夜听经。借开诗画社,客至总忘形。

仓颉庙

庙在聚宝山下,即古三圣苍史王也。黄帝时史官,仿像类形,创书法以诏天下,真有功万世。首有四目,即有四司灵官,曰举留,曰开聪,曰误证,曰追失,犹今府椽[①]之六曹也。圣诞在三月三日,胡晚晴太守额曰"始制文字"。旁有傅总督祠,系康熙年间南巡时奏请永免民房租税,上民感德,立祠祀之。

开古今文字之祖,揭天人性命之光。无怪泣鬼神而天为雨粟,成蝌蚪而龙为潜藏。

谢将军玄祠

在城西南隅戒坛院之侧,即今小门口东吴园侧。唐咸通九年建,羽士居之,亦呼为谢康乐公祠。

竟提八千众,直破百万兵。生前仰英烈,死后著忠精。缅彼败敌时,草木亦相争。天风与鹤唳,隐约作军声。

石将军

上元县四象桥河畔有石婆婆,颇验,里人搭以小阁似

---

① "椽"当作"掾"。

庙,轰传四方,树小杆酬厚者,不下数千株,呼为石将军。联玉农司马过而叱之,拔杆毁阁,香火遂息。三年中忽然而兴,忽然而废,亦奇事也。在嘉庆二十三年。

　　将军有灵能降福,万民香火争相逐。将军无灵反自辱,一官法令鞭且扑。若不时逢司马公,方筹创建增华屋。请看八府塘边栏,尽是当年旗杆木。<small>司马以所毁杆为八府塘栏。</small>

石神

　　上元县复成桥有石,因雨忽露赤纹如人形,里人拟为大士像,三日内争相祈祷者,日不下万人。邑侯吴恐其滋事,着石工将石反盖,以土埋之,迹遂灭,其遭际又不及石婆婆远矣。

　　无端一片石,忽现神像来。香烟团若雾,车马轰如雷。俾夜常作昼,纷纷卷尘埃。邑令闻之愕,叱将此石埋。兴废三日耳,居人空慨哉。

云秋庙

　　城西吴园内,云楸古树死二十余年复生。乾隆五十年,园主欲伐之,匠人云:"树古有神,须拜祝后再伐。"方拜下,见树头有红冠蛇首出,惧,遂止。后越二十七年,嘉庆壬申三月,树内生火自焚,是夕,士人杨姓梦树神谓曰:"当立庙祀我。"遂立于原树根处。又掘地得石观音像,亦供庙内。庙前有起瓮古坟,十余年前土人掘地,见石门两扇,后地方官知之,令速掩盖,旁有晋谢康乐公祠,疑即其墓,未知确否。

昔年曾见干枒楂，常住苍鹰攫晚霞。焚后尚能传庙宇，六朝松石对堪嗟。_{旁有六朝松石，今松亡石扑，竟无复过而问者。}

九天祠

杏花村北。祠后名九胜园，有古柏，相传犹唐时物，致瘦而古。

古祠曾住修真客，岁岁春风换行陌。杏村旧地冷斜阳，更谁来问千年柏。

金粟庵

旧名中所庙，内住道侣，门前有中所桥。后改为庵，桥废。

金粟悟前身，如来妙谛真。从知人世事，成败岂无因？

永祥庵

在凤凰山保宁古井旁，今仓门口处。后有高阜，登眺四面山城，最为雄旷，他年倘建阁于上，恐昔年览晖、练光二亭，不复过焉。

雄撑一塔凌虚立，青送群峰绕郭来。如此登高最佳处，惜无人筑好楼台。

姚公祠

公讳延著，字象悬，乌程人也，顺治十六年任江南臬司。时海寇围城,弁兵执民为贼,及仇家诬陷,冤狱鳞起,帅某概置之法,公悉申辩出之,活数万人。帅衔之,后竟诬以失出论死,民为罢市,送丧者数百里,哭声不绝。旧有祠在鸡笼山下,道光元年冬,复立祠于府学,春秋致祭。

民赖公以生,公竟为民死。民欲救公救不能,千里同声哭而已。民冤得公立昭雪,公冤历代竟谁洗?吁嗟乎!世间人事无不至,所可信者惟天耳。君不见百余年后占巍科,文章山斗今韩子。持衡三载莅南邦,匪伊异人公后起。惟愿公家世世惠我江南民,生我教我常如此。六世孙秋农殿撰以侍郎视学江苏。

陈公祠

公讳子贞,明万历时督学应天,重建文德石桥。祠在桥侧,以为民居新占,嘉庆初仍复为祠,与文庙对岸,正临淮水,适面钟山,极河亭临眺之胜。

名祠隔代尚如新,香火春秋祭祀频。不独甘棠留学校,千秋遗爱到行人。

坐来盼尽夕阳红,绕槛清流九曲通。多少楼台烟柳外,青山一抹板桥东。

无量禅林

在鼓楼稍北。国初时建,地颇幽静,僧瑞藤年近八十,殊浑朴,有禅意。

五载前曾此地游,炎曦如火正当头。重来风景殊幽绝,古木斜阳间鼓楼。

曹公祠

公讳寅，康熙间任江南织造。先是，机户差累甚重，公为奏免，今民间所用曹砝皆公新制。

职不司民事，恩偏及庶黎。称量皆有则，清正总无私。余泽诗歌在，遗碑德政垂。南国拜公像，和蔼想生时。

卷九　杂物类

金陵古迹，府志彰矣，其间如舟樯、井泉、木石等类，相传已久，而扣迹无由。今特志其名目，为之排偶而属对之，使阅者易于观览焉。

舟樯

明太祖渡江舟危，得一樯以免，令树此樯祭之，有司岁祭，给一兵世守之，已逾百四十年矣，顾遁园公万历乙亥秋犹及见之。在清凉门外。

太祖舟行江，浪翻舟欲扑。借此一樯功，安澜赖神木。遂命将此樯，树之石城麓。一卒守且司，春秋祭必祝。相延百余年，一竿老且秃。每从父老游，犹将遗事述。

宫沟

自明大内通神乐观前。燕兵入，建文同陈济诸臣从此遁出，雉发为僧。

青田当日费持筹，遗迹空余往事愁。一曲荒凉迷蔓草，关心人问旧宫沟。

两没字碑

梅冈晋太傅谢安石墓碑,有石而无辞,以安功德,难为称述。又江宁镇秦桧墓前队^①碑,宸奎在焉,有其额而无其辞,则当时求文而莫之肯为也。故金陵有无字碑二。

谢墓无字碑

言寻无字碑,梅冈无片石。功德如谢公,口碑今啧啧。

秦墓无字碑

仲尼讨乱贼,笔伐而口诛。此例更森严,空碑一字无。

双飞来剪

一在铁塔寺山,一在灵谷寺,或曰剪蛟剪。

双叉作势剪蛟回,代远遗留绣翠苔。只可飞来不飞去,年年常镇碧山隈。

穆陵石表

元至元中,西僧杨琏真伽利宋诸陵宝玉,因妖言惑主,尽发攒宫之在会稽者,断理宗顶骨为饮器。琏败,归内府,九十年矣。洪武二年正月,诏宣国公求之,得于僧汝纳所,乃命葬金陵聚宝山,石以表之。明国子助教贝琼有诗以纪其事。

西僧何太恶,遍将宋陵凿。可怜理宗头,作器供人酌。太祖索得之,命下葬岩壑。垒石表其巅,不教终寂寞。花雨护纷纷,塔灯照灼灼。夜半山鸟啼,闻之人泪落。遥忆会稽陵,

---

① "队"当为"坠"。

魂归何处着？

观音石背

在孝陵卫观音寺内，一名水晶屏，一名飞来石，方一丈六尺余。

壁立光明削不成，莲台倚处恰相迎。美人时向观音拜，石作菱花照得清。

孝陵卫瓜

瓜皮极薄，一熟即摘，少迟闻雷则裂矣。

摘来卫圃碧团团，剖处流霞满玉盘。味比琼浆更清美，食余犹觉齿牙寒。

姚坊门枣

长二寸许，顾文庄公曰："唯吕家山方围十余亩为然。"

新秋佳果味醇浓，粒粒堆盘火齐红。记过吕家山畔路，好香先送枣花风。

翁夫人血影石

明侍中黄观妻，值建文国变，及二女并溺于栅洪桥下，时呕血石上，遂成小影，有僧认为大士像，夫人示梦始知。石今供祠中。

忠肠呕血自生光，片石千秋姓氏香。怪底普陀称幻影，此身知已驾慈航。

方正学血迹阶

明永乐时，方正学先生敲牙割舌处。在明大内金銮殿阶石上。

何事齐梁问旧因，前朝宫阙半荆榛。可怜一片金阶石，留得忠臣血迹新。

自来水

灵谷寺内。

不劳人力取，接竹碧山隈。争向池中注，涓涓常自来。

转轮殿

昔梁武帝延传大士于钟山宝林寺，建大层龛，一柱八面，实以诸经，运行不碍，谓之"转藏"。斯制想其遗欤？

也似轮回转，推迁面面圆。世人知此意，脱却乃生天。

三段碑

吴天册元年改元天玺，立石刻于岩山，纪吴功德，其文乃东观令华覈作，书法乃象书也。象书独步汉末，况体兼篆籀，宜居周鼓、秦刻之次。明移尊经阁后，国朝嘉庆十年火焚阁，碑亦毁。今孙渊如观察以旧拓本影刻，置府学内，欲续其传。

字破文残读不周，纪吴功德著千秋。可怜三段零星石，曾见降帆出石头。

八卦泉

在方山。

八卦先天数,斯泉号独扬。仙人参妙理,即物体阴阳。

五谷树

明太监郑和自西洋带归所植,一天界寺,一报恩寺,今废。

种自西洋来,佳名五谷系。但看树婆娑,便知丰歉岁。

一唾壶

宋孝武施瓦官寺意如僧,高二尺许,忽为人窃去,意坐席咒之,壶自还。

唾壶宝器非凡材,老僧咒之人奚猜。但愿世物皆若此,有时失去还自来。

隐仙双桂

两桂皆唐宋时物,秋日花开,看者毕集。

双桂花开客共寻,压枝黄雪自纷纷。灵根历世超群木,老干含秋绝俗氛。满院香风人醉月,三更冷露鹤翔云。也如蟾窟扶疏影,只少嫦娥笑语闻。

普德四梅

在大殿前。花曰覆水,开最迟。

香风扑面散莲台,红杏开时雪作堆。一度来看一题句,一章诗赠一株梅。

篱门五十六所

吴赤乌十年作太初宫,周回五百丈,都城皆设篱,曰古篱门。

禁地森严夜不开,当年守备亦周哉。而今百雉都城壮,何事篱门设险来。

秦淮二十四航

六朝自石头东至运渎总二十四船,皆设航往来,有事则撤,今可知者,惟丹阳、竹格、东城、朱雀、骠骑五航。因用杜预河桥法,以浮航往来,长九十步,阔六丈,冬夏随水高下,至陈犹仍其例。

火烧朱雀虹生晕,往事兴衰都入韵。一条烟水尚依然,二十四航何处问。

聚宝门水星鼎

乾隆五十四年冬,江南制军书麟设于城头,以制城中火灾。上有八卦篆文。

高镇城头合境安,如盘中注水晶寒。他时留到千秋后,周鼎商彝一例看。

元帝庙铁老鹳

鹳,水鸟也,杆身用铁,为坎卦,以制南城火灾。鹳首对

金陵览胜诗考

赤石矶,俗云制蟒蛇仓,非。

庙前水杆与云齐,百尺梢头老鹳栖。只为一呼能聚水,要将坎象制乎离。

葛仙井

在方山洞元观。传葛稚川炼丹处。

不见炼丹人,空留炼丹井。仙翁去不回,井泉清弄影。

法融鞋

在祖堂。鞋至今犹存,长一尺二寸许。

法融说法坐莲台,顿教名山古刹开。漫道禅家太空寂,尚留双屦证西来。

莫愁湖秋荷

花多并蒂并头,雨中观尤妙。

渺渺湖山荡荡波,秋荷几朵尚婀娜。生当此日风霜冷,回忆从前锦绣多。只我解怜倾国色,阿谁还唱采莲歌?故应对此伤迟暮,倩影伶娉可奈何。

因是庵古藤

在东园。

烟蔓风条曲更斜,瘦蛟拔地势交挐。年年桃李飘零尽,架上朱藤始着花。

古柏庵柏

在城东石观音旁。相传晋周子隐手植,其门墙有赵松雪画大士像石刻。

霜皮铁干势枒楂,高伴书台映浅沙。眼见六朝兴废事,浓阴无恙阅年华。

仙梅院梅

隐仙庵内。干色如檀香,旁发一枝,花甚茂。嘉庆甲子春,织造姚毅庵先生建仙梅馆,勒碑以纪其盛。

城西古庵名隐仙,楼台金碧锁云烟。山中宰相陶弘景,曾此栖迟养大年。龙蟠虎踞围山麓,中有六朝梅一树。一番春到一番新,千花万蕊开无数。相传陶公手自栽,朝罢呼童扫碧苔。松风阁外东风早,吹绽琼华傍讲台。物换星移几更岁,古径沉堆杂荆秒。无人来赏自花开,颇似美人方熟睡。一朝幸遇怜香史,重把美人去梳洗。枕花石傍玉阶撑,赏春堂对名花起。朝玩夕赏复连宵,何俟冲寒过坝桥。拨动琴心千叠曲,吹残鹤梦一枝箫。清芬一种真香绝,不斗红妆品高洁。疏枝瘦硬矫如龙,老干枒楂坚似铁。春风二月始开齐,满院月明都化雪。吁嗟乎!老梅曾属陶公有,日对此花如好友。陶公炼丹号仙人,仙人隐去梅留久。老枝偏着少年花,沧桑阅尽双丸走。今朝筵敞会耆英,献酬交错欢呼酒。争飞玉盏醮花神,仰对寒英开笑口。

白石垒

靖安镇北。后为白下城基。

地古江山壮,当年古战场。来寻旧石垒,城迹已荒凉。

红罗亭

南唐李后主建。四面多栽红梅,作艳曲歌之。

红雪千株夕照边,红罗亭上艳歌圆。后开桃李休夸丽,已让春风一着先。

卢绛翔鸾坊

卢绛,南唐时人,坊在武定桥南,今尚有翔鸾庙,明万历重修。

不见高坊虚胜景,留将遗庙当斯境。春日儿童放纸鸢,风前犹作翔鸾影。

谢玄走马路

考今马路,在土山下,地不生草。

稳坐金鞍趁美姿,谢公走马任争驰。至今大道平如坦,想见扬鞭得意时。

五里松林

灵谷寺山门内。

半空唯听卷涛声,一片松云望里横。相视须眉全染碧,客来疑向绿天行。

六朝碑石

明初开都,需石甚迫,有以六朝碑充作监石之说。袁珂雪斋虽力辨其非,未足信也。

竟将六朝碑,充作九衢石。遂令考古人,千秋怀恨事。

十五神锚

汉西门外河岸十二锚,对岸一锚,北河口一锚,冬日水落则见,钟山书院门右一锚,共十五锚。

余皇^①海上需应重,卧地神锚谁与共。他时济遇会有期,漫云材大难为用。

百八乳钟

方山定林寺一钟一百零八乳,传是六朝景阳钟也。

嫦娥催起晓簪花,此日僧来课法华。原是景阳宫里物,而今流落梵王家。

金陵诸泉

鸡鸣山泉、国学泉、泮宫玉兔泉、凤凰泉、骁骑卫仓泉、冶城忠孝泉、祈泽寺龙泉、摄山玲珠泉、牛首山龙王虎跑泉、雨花台甘露泉、崇花寺梅花泉、方山八卦泉、永宁寺茶泉、静

---

① "余皇",春秋时期吴国的船名。

海寺狮子泉、上庄宫氏泉、德恩寺义泉、方山丹泉、衡阳寺龙女泉、铁塔寺百丈泉、凤台门外焦婆井,皆名著金陵者。

也似卢仝癖性坚,一瓯春雪手亲煎。何时细按茶经评,尝遍金陵廿四泉。

前明四钟

钟楼一,旁一,倒钟敧一,江口一,时有"飞鸣食宿"之目

前朝遗物久称神,食宿飞鸣号亦新。也似在家诸姊妹,后来穷达各前因。

青溪九曲水

吴凿,由潮沟南入明大内,西出竹桥,入濠而绝,其流本九曲,后为杨吴筑城所掩,多不可考。又自旧王府旁周从出淮清桥与秦淮合者,仅青溪所存之一曲也。

放艇来寻碧水隈,当年旧迹半沉埋。因思曲曲烟波处,俨似湘帆九转来。

金陵十二楼

曰芙蓉、重译、来宾、集贤、醉仙、乐民、轻烟、淡粉、翠柳、梅妍、鹤鸣、南市。昔设为商旅游乐憩息之地,柔远之道可谓至矣,今楼全废。

官妓当年有定筹,四方宾旅任勾留。而今台榭秦淮畔,何止笙歌十二楼。

卷十　陵墓类

四郊荒冢垒垒,生既无闻,没亦常泯,谁复过而吊之?兹特于不朽之人,而显不朽之墓。余尝身涉其地,凭遗丘而拜叹不置云。

吴大帝陵

在钟山南孙陵冈。

功定三分鼎,雄开六代都。至今陵尚著,高不没荒芜。

晋四陵

在鸡笼山阳。元帝建平陵、明帝武平陵、成帝兴平陵、哀帝哀平陵,今十庙下或皆其地也。

四陵鸡笼南,岁久不知处。祭扫更何人,年年春草绿。

卞忠贞公<small>壶</small>墓

晋卞壶因苏峻之乱,与二子眕、盱同死,并葬于此。义熙间,盗发墓,尸僵,鬓发苍苍,面如生,两手悉拳,爪甲穿达于背。

战死青溪栅,遗骸葬冶城。烈哉父与子,忠孝共全名。

郭景纯墓

在玄武湖中。王敦斩璞于武昌,或归葬于此。

青囊妙术至今留,凌趾洲头土一丘。底事又传江上穴,忠魂应喜伴清流。

谢灵运墓

在本业寺中,慧连墓在宣义乡,相近皆属上元。

来访萧梁寺,苍松古柏分。欲将一樽酒,来奠六朝坟。碑卧迷荒草,山空起夕云。终年卧莲社,心杂漫相云。

韩熙载墓

熙载相李唐,第在戚家山,即今报恩寺址,谥文靖,南唐人,亦号为韩文公。今俗传昌黎像小面多须,乃熙载也。昌黎故丰貌少髭,与此迥别。事载《韩文考异》。

风流合与田婴匹,事业难将王谢齐。小面多须应记取,莫教遗像玷昌黎。

张丽华墓

赏心亭天井中,时有白光如匹练,掬之似水银,不久留散矣。按亭在下水门城上,有晋王广命斩张、孔二妃于中桥,即今大中桥,去赏心亭甚远,不知何以葬此,当别考之。

美人曾此葬花钿,香冢来寻迹已湮。结绮临春思胜事,晓风残月忆前缘。舞衣化作绿蝴蝶,艳质都成红杜鹃。难问赏心亭畔路,空留一水古城边。

秦桧墓

在江宁镇。南宋末为盗发,翁仲犹存。

巨奸迹已泯,碑墓两无存。可惜青史上,犹书江宁人。

谢太傅墓

在梅冈,今亡。相传晋末其子孙迁葬于会稽,今绍兴府志亦有谢太傅墓,事或然欤。墓前有无字碑。

江左千秋颂德功,东山丝竹已成空。但传素碣梅冈上,遗冢今谁识谢公。

大香炉

前为龙翔寺故址。明初,张士诚瘗此,颇为祟,镇以小白塔。门外铁香炉高尺许,故名。

黄菜叶,秋干瘪,国破成擒终不降。田横死士都殉节,至今埋骨在龙翔。为语行人莫感伤,闻说姑苏有遗庙,吴王不祀祀张王。

明孝陵

在钟山独龙阜。昔为开善寺,葬宝志公肉身处,后移东首,赐名灵谷。

逐鹿中原战血辛,不阶尺土净风尘。群雄谁识行师律,四海心归不杀仁。政肃宫闱明德比,地连淮泗汉高邻。加恩胜国今何厚,岁岁天家祭扫频。

王始兴公_导墓

在墓府山西。

兄弟将,弟为相,中兴事业仗一家。操戈同室惊相向,不闻讨贼学周公,阖门请罪徒汹汹。反形久被外人识,在家何以如痴聋?阿兄当日若成事,难保乃弟非元功。怪称江左夷吾号,转似他年长乐冯。

温忠武公_峤墓

在幕府山阳。

预消谗谤轻钱凤,巧赚佳人借镜台。勋业风流都用诈,笑君何事不矜才。

勤王智略有谁同,合算中兴第一功。幕府山前遗冢并,教人怕问始兴公。

王元公_祥墓

在江宁县西南八十里何湖侧。志云,东晋初,其子孙载枢渡江,葬此。

春帆挂何湖,元公墓在此。隐约湖冰开,迢迢出双鲤。

裴将军_邃墓

裴庙松柏茂盛,范庙蓬蒿不剪,梁武帝顾而叹曰:"范为已死,裴为更生。"

昔年有庙松柏荣,范为已死裴更生。今时无庙墓亦圮,范固不生裴亦死。君不见召公遗泽留甘棠,遗经千载增辉光,生气勃勃常不亡。

阮步兵籍墓

在凤游寺内,本凤凰台侧。

凤凰台畔树栖乌,六代繁华今已无。尚有晋贤遗冢在,早知生不哭穷途。

徐中山王达墓

在太平门外钟山之阴,旧草堂寺址。

墓道入苍苍,中山异姓王。忠勋高信越,福泽继汾阳。第宅千区富,丰碑十丈长。纪功谁属笔,天藻洒高皇。

两吴侯墓

一名贞,一名良,皆明初功臣,墓在太平门外钟山阴。

生不封公死不王,钟阴华表挂残阳。韩彭功大都烹醢,绛灌由来是后亡。

常开平王遇春墓

在钟山阴,两吴侯墓后。

太平门外山盘踞,古冢沿山如割据。石麟翁仲半山腰,云是开平王葬处。惟王英勇气如雷,大将才兼战将材。百万军前英布至,一鞭鸣处尉迟来。突阵由来不顾身,虽经戒饬如不闻。中原甫定身先殒,方信知臣莫若君。吁嗟乎！采石军声山震倒,开平战血填秋草。奇男终竟属将军,那数元家王保保。

李岐阳王文忠墓

在钟山阴,蒋庙左。

见舅如娘邂逅逢,那知韬略早藏胸。功勋合与瓯黔匹,莫认皇家恩泽封。

后代兴衰运所钟,孙曹袭爵总庸庸。但看定国封增寿,那怪家声坠景隆。

邓宁河王愈墓

近安德门,山甚雄壮平正。

藏弓烹狗群公尽,无恙宁河遇独优。壶外功名希魏国,早年醇谨胜东瓯。山连天阙云初暮,路转长干草欲秋。绝好牛眠① 壮形势,远吞江水近淮流。

---

① 牛眠,即牛眠地,卜葬的吉地。

"南京稀见文献丛刊"
已出书目

1. 《六朝事迹编类·六朝通鉴博议》　　　　　(宋)张敦颐;(宋)李焘

2. 《梁代陵墓考·六朝陵墓调查报告》

　　　　(清末民初)张璜;(民国)中央古物保管委员会编辑委员会

3. 《南唐书(两种)》　　　　　　　　　　　(宋)马令;(宋)陆游

4. 《南唐二主词》　　　　　　　　　　　　(南唐)李璟,李煜

5. 《南唐二陵发掘报告》　　　　　　　　　　　南京博物院

6–9. 《景定建康志》　　　　　　　　　　　　(宋)周应合

10. 《金陵百咏·金陵杂兴·金陵杂咏·金陵百咏(外一种)》

　　　　　　(宋)曾极;(宋)苏泂;(清)王友亮;(清)汤濂

11. 《南京·南京》　　　　　　　　　　(明)解缙;(民国)李邵青

12. 《洪武京城图志·金陵古今图考》　　　　(明)礼部;(明)陈沂

13. 《献花岩志·牛首山志·栖霞小志·覆舟山小志》

　　　　(明)陈沂;(明)盛时泰;(明)盛时泰;(民国)汪闿

14.《金陵世纪·金陵选胜·金陵览古》

(明)陈沂;(明)孙应岳;(清)余宾硕

15.《后湖志》 (明)赵官等

16.《金陵旧事·凤凰台记事》 (明)焦竑;(明)马生龙

17.《金陵琐事·续金陵琐事·二续金陵琐事》 (明)周晖

18.《客座赘语》 (明)顾起元

19–21.《金陵梵刹志》 (明)葛寅亮

22.《金陵玄观志》 (明)葛寅亮

23.《留都见闻录·金陵待征录》 (明)吴应箕;(清)金鳌

24.《板桥杂记·续板桥杂记·板桥杂记补》

(明末清初)余怀;(清)珠泉居士;(清末民初)金嗣芬

25.《建康古今记》 (清)顾炎武

26.《随园食单·白门食谱·冶城蔬谱·续冶城蔬谱》

(清)袁枚;(民国)张通之;(清末民初)龚乃保;(民国)王孝煃

27.《钟山书院志》 (清)汤椿年

28.《莫愁湖志》 (清)马士图

29.《金陵览胜诗考》 (清)周宝偀

30.《秣陵集》 (清)陈文述

31.《摄山志》 (清)陈毅

32.《抚夷日记》 (清)张喜

33.《白下琐言》 (清)甘熙

34.《灵谷禅林志》 (清)甘熙、谢元福,(民国)佚名

35.《承恩寺缘起碑板录·律门祖庭汇志·扫叶楼集·金陵乌龙潭放生池古迹考》

（清）释鹰巢；（清末民初）释辅仁；（民国）潘宗鼎；（民国）检斋居士

36.《教谕公稀龄撮记·可园备忘录·凤叟八十年经历图记》

（清）陈元恒，（清末民初）陈作霖；（清末民初）陈作霖，

（民国）陈祖同、陈诒绂；（清末民初）陈作仪

37–39.《南京愚园文献十一种》　　　（清）胡恩燮，（民国）胡光国 等

《白下愚园集》　　　　　（清）胡恩燮等，（民国）胡光国

《白下愚园续集》　　　　（清）张之洞等，（民国）胡光国

《白下愚园续集（补）》　　（清）潘宗鼎等，（民国）胡光国

《愚园宴集诗》　　　　　　　　　　（清）潘任等

《白下愚园题景七十咏》　（清）胡恩燮，（民国）胡光国

《愚园楹联》　　　　　　　　　　（民国）胡光国

《白下愚园游记》　　　　　　　　（民国）吴楚

《愚园题咏》　　　　　　　　　　（民国）胡韵蘅

《愚园诗话》　　　　　　　　　　（民国）胡光国

《愚园丛札》　　　　　　　　　　　佚名

《灌叟撮记》　　　　　　　　　　（民国）胡光国

40.《江宁府七县地形考略·上元江宁乡土合志》　（清末民初）陈作霖

41–42.《金陵琐志九种》　　　（清末民初）陈作霖，（民国）陈诒绂

《运渎桥道小志》　　　　　　　（清末民初）陈作霖

《凤麓小志》　　　　　　　　　（清末民初）陈作霖

《东城志略》　　　　　　　　　（清末民初）陈作霖

《金陵物产风土志》　　　　　　（清末民初）陈作霖

《南朝佛志寺》　　　　（清末民初）孙文川，陈作霖

《炳烛里谈》　　　　　　　　　（清末民初）陈作霖

《钟南淮北区域志》 (民国)陈诒绂

《石城山志》 (民国)陈诒绂

《金陵园墅志》 (民国)陈诒绂

43-44.《秦淮广纪》 (清)缪荃孙

45.《盋山志》 (清)顾云

46.《金陵关十年报告》 (清末民国)金陵关税务司

47.《金陵杂志·金陵杂志续集》 (清末民初)徐寿卿

48.《新京备乘》 (民国)陈逎勋，杜福堃

49.《金陵岁时记·岁华忆语》 (民国)潘宗鼎；(民国)夏仁虎

50.《秦淮志》 (民国)夏仁虎

51.《雨花石子记》 (民国)王猩酋

52.《金陵胜迹志》 (民国)胡祥翰

53.《瞻园志》 (民国)胡祥翰

54.《陷京三月记》 (民国)蒋公穀

55.《总理陵园小志》 (民国)傅焕光

56.《金陵名胜写生集》 (民国)周玲荪

57.《丹凤街》 (民国)张恨水

58.《新都胜迹考》 (民国)周念行，徐芳田

59.《金陵大报恩寺塔志》 (民国)张惠衣

60.《万石斋灵岩大理石谱》 (民国)张轮远

61.《明孝陵志》 (民国)王焕镳

62.《金陵明故宫图考·南京明故宫制度与建筑考》

(民国)葛定华；(民国)朱偰

63.《冶城话旧·东山琐缀》 (民国)卢前

64.《首都计划》　　　　　　　（民国）国都设计技术专员办事处

65.《总理奉安实录》　　　　　（民国）总理奉安专刊编纂委员会

66-67.《总理陵园管理委员会报告》　　（民国）总理陵园管理委员会

68.《新南京》　　　　　　　　（民国）南京市市政府秘书处

69.《京话》　　　　　　　　　　　　（民国）姚颖

70.《南京概况》　　　　　　　　　（民国）书报简讯社

71.《渡江和解放南京》　　　　　　　　张宪文等

72.《骆博凯家书》　　　　　　　　　〔德〕骆博凯

73.《外人目睹中之日军暴行》　　　　　〔英〕田伯烈

74.《南京》　　　〔德〕赫达·哈默尔, 阿尔弗雷德·霍夫曼